Jean de SAINT-HOUARDON

L'INTEMPOREL

Roman

Editions LA BRUYERE
128, rue de Belleville - 75020 PARIS

ISBN : 2-7500-0024-6
Dépôt légal : 1er trimestre 2004

Paris, mardi 4 décembre 2001, 10 heures environ, froid, pluie et vent, rue du Faubourg-Saint-Honoré, à l'angle de la rue Royale : Jean Courdavault, cinquante-deux ans, IEP Paris, licence en droit, deux enfants, Anne-Françoise, vingt ans, Stanislas, dix-sept ans, une épouse, Maud, née Haudidier de Cournon, marche comme un automate. Il tient son parapluie, mais il ne l'a pas ouvert. Est-il absent, soucieux, préoccupé ? Il est ailleurs. Il a les yeux fixes et vides. Il avance d'un pas mécanique dans la direction de la place Royale. Il s'en va vers une autre vie.

Chapitre I

JEAN ET PIERRE : UNE AMITIÉ BREVETÉE « DVC »

Il y avait de cela simplement quelques minutes, Jean Courdavault sortait du Crillon. Il y avait rencontré Pierre Ménétier qui l'avait invité à un petit déjeuner. Pierre Ménétier, quarante-deux ans, HEC, divorcé, sans enfant, était le « DRH » du groupe DVC (Denvers & Varea Corp.) au sein duquel Jean Courdavault avait mené sa carrière depuis vingt ans. Ils se connaissaient depuis huit ans. Ils avaient rapidement sympathisé. Lors de leur première entrevue, ils pensaient s'être déjà rencontrés. Ils avaient cherché longtemps quand et où, sans résultat. Alors, ils avaient conclu en riant : « sans doute dans une autre vie ». Leur relation s'était étoffée. Ils avaient misé ensemble de nombreuses fois sur l'avenir du groupe, ils avaient voyagé ensemble, pour des « grandes messes », des réunions exotiques, lieux de culture du groupe, lieux de mesures et d'observation. Ils avaient travaillé ensemble, et de près.

C'est Jean qui avait attiré très tôt l'attention du *staff* sur les qualités de Pierre. Lui, Jean, l'affectif, alors qu'il en était responsable au sein du service de politique générale des ventes, avait été captivé par cet homme, jeune, à l'élégance froide, par sa hauteur de vue et la constante distance qu'il opposait au quotidien comme à tout événement, par son professionnalisme, son esprit clair, ses propos clairs, sa méthode... claire, simple, efficace, sa courtoisie aussi. Il ne doutait pas que cette attitude de retrait policé avant toute décision, qui tombait alors d'elle-même, ce flegme à la fois physique et intellectuel face à tout obstacle, étaient le premier atout de Pierre, sa force et le moteur d'une carrière dont il était sûr qu'elle serait brillante. Pierre appréhendait toute difficulté, toute résistance avec un apparent détachement, assimilable à la silencieuse observation du fauve ramassé et concentré, qui évalue la portée de sa proie, avant de fondre sur elle, avec beauté et élégance. Jean voyait aussi dans l'attitude foncièrement détachée de Pierre, un bouclier dont il pensait surtout que celui-ci le protégeait d'une nature généreuse qui l'exposait naturellement. Jean était fier de sa relation privilégiée avec cet être d'exception, qui ne manquait pas d'attentions pour lui et qui devait cacher, sous l'habit d'un homme sûr de lui et définitif, un cœur d'exception. Mais avec le temps, Jean avait observé que la philosophie professionnelle de Pierre se fondait, de jour en jour, de plus en plus, sur le dogme de la création de valeur. Avec le temps, le premier réflexe de Pierre, en toute occasion ou rencontre, alors qu'il était directeur commercial d'une des branches d'activité de DVC, était de mesurer la plus-value de telle ou telle réorganisation, la plus-value apportée par telle ou telle mesure, la plus-value apportée par tel ou tel nouvel outil, de telle ou telle fonction, de tel ou tel... Alors que la situation de Pierre s'affirmait, Jean se félicitait, qu'entre lui et Pierre, le temps n'avait pas joué contre la qualité de leur relation, quoique, au fil du temps, il arrivait que le méthodisme de Pierre le dérangea en son for intérieur. S'il reconnaissait la pertinence de ses jugements sur les prestations des collaborateurs, ceux-ci, à l'argumentation charpentée et sériée, ne laissaient guère de chance aux défaillants.

Le poste de directeur des ressources humaines s'était depuis peu libéré. Le groupe s'était étoffé et comme tout groupe qui se développe, celui-ci s'était lancé dans les restructurations récurrentes, indispensables, élaguant tel secteur, misant sur tel autre, délocalisant ou sacrifiant celui-ci, consacrant celui-là... Depuis quatre ans, Jean et Pierre se retrouvaient souvent pour quelques apartés. Ils confrontaient leurs vues sur les capacités du groupe, sur sa stratégie. Ils se voyaient surtout régulièrement devant un verre dans un brasserie voisine du siège, dans le quartier de l'Étoile. Ils se livraient mutuellement à des confidences dont certaines, par leur poids ou leur intimité, consacraient leur confiance voire leur foi l'un dans l'autre. Il arrivait même qu'ils en oublient le temps.

Toutefois, depuis bientôt un an, Pierre s'était trouvé ou montré moins disponible. Il est vrai aussi que, depuis que Pierre, divorcé, était devenu le compagnon de Marie-Chantal Soubeiran, trente-quatre ans, Sup de Co Paris, déléguée à la communication, chef du service « Image » du groupe, il se libérait plus difficilement. De plus, et Pierre le devinait sans doute, Jean n'avait pas de goût pour cette jeune femme dévorée par l'ambition, et bien que Pierre n'apparaissait pas sous son emprise, cela devait, pour Jean, participer à l'espace qui se creusait, certes légèrement, mais insidieusement entre eux.

Marie-Chantal Soubeiran, brune, cheveux courts, joli visage clair et frais, taille moyenne, bien faite, tailleurs Chanel et foulards Hermès, attirait l'œil mais ne forçait pas la sympathie. Installée dans le contentement de soi, couvrant sa mince culture et ses faiblesses par un comportement péremptoire, elle ne disait pas les choses : elle les assénait à son auditoire. Plus que les conséquences d'un choix électif, Jean avait déduit que leur union était le fait des circonstances : la relation et le cadre de travail, les débordements d'horaires du soir, les ambitions partagées, leurs solitudes initiales.

Jean était entré dans une entreprise du groupe alors qu'il avait trente-deux ans, l'année de la naissance d'Anne-Françoise. L'entreprise, la Société Proplast SA, de taille moyenne mais en plein essor, spécialisée dans la réalisation et le commerce d'articles de ménage en plastique, lui avait offert la place de chef du service juridique, ce qui, alors qu'il avait jusqu'ici galéré dans des cabinets de conseil comme assistant, corvéable à merci et mal payé, le comblait. Dans le même temps, la vie lui offrait la joie d'être père et le plaisir, avec sa nomination, somme toute flatteuse, de pouvoir lever le col au sein de sa belle-famille. Celle-ci l'avait accepté sans réticence affichée, bien qu'il ne fût pas de leur condition, mais s'étonnait auprès d'Anne-Françoise que, les années passant, il ne trouva pas de position.

Avec les années, il avait pris de l'étoffe, du métier, des responsabilités, de l'assurance, de l'aisance, du pouvoir. Jean avait trouvé un rang, il était devenu au sein du monde, du monde DVC, citoyen de première classe, membre du *staff*, un des piliers de l'édifice.

Il n'affichait pas et gardait pour lui son plaisir d'être un des co-princes du système DVC. Il restait attentionné aux autres, quoique de moins en moins attentif à son environnement humain. L'hyperactivité ajoutée aux délices du pouvoir et à l'excitation qui en résulte, confère au vertige. En raison du contexte général de vive concurrence, DVC était en perpétuelle recomposition. Restructurations et réorganisations successives généraient des trains de décisions : décisions stratégiques concertées, décisions structurelles partagées, décisions opérationnelles prises en solitaire ou avec ses collaborateurs. La préparation des réunions du conseil d'administration, le *debriefing* de ces réunions, les réunions préparatoires, les réunions du comité stratégique, les réunions du comité exécutif, les réunions avec les collaborateurs directs, les rencontres avec les organisations syndicales, les échanges incessants avec « la communication », éloignaient Jean du terrain, de ses réalités et peut-être, à l'occasion, des options pertinentes, de l'à-propos et du bon sens. Surtout, ces rencontres quasi continues avec ses collègues du *staff* l'exposaient à leur regard constant et à leur évaluation.

Changer d'organisation, s'est aussi souvent changer les hommes.

Depuis huit mois, dans ce mouvement continuel et fébrile, Jean ne se trouvait pas toujours au mieux de sa forme. Il y avait ces instants d'abattement qu'il réprimait aussitôt, il y avait ces pertes soudaines d'énergie en réunion. Ces dernières lui coûtaient beaucoup lorsqu'elles intervenaient lors de ses longues prises de parole. Son expression devenait alors traînante, laborieuse. Son esprit s'embrumait et l'empêchait d'être concret, précis : il stationnait sur des propos génériques, son discours devenait redondant et sa réactivité, lors des débats qui s'ensuivaient, en souffrait énormément. C'était le poids des regards de ses collègues qui était lourd à soutenir dans ces moments-là. Mais c'était avant tout ses fortes migraines qui le perturbaient. Ces migraines étaient insupportables et de nature à se jeter la tête contre les murs, à vouloir s'arracher l'œil : elles donnaient à penser qu'elles étaient des migraines ophtalmiques, or les médecins consultés l'assuraient du contraire. Elles survenaient de plus en plus souvent. L'écart entre chaque migraine se réduisait mais restait irrégulier. La crise était toujours imprévisible. Et quand elle cessait, il mettait quelque temps à récupérer et à se retrouver.

La première crise le saisit à Londres, au mois d'avril de cette année. Il était alors le directeur du développement des ventes pour l'Europe. C'était à l'occasion d'une réunion du comité de groupe européen réunissant les représentants des salariés des entreprises européennes du groupe, où il présentait la « charte éthique » du groupe DVC, et, exercice difficile, le projet de suppression d'un site de production à Milan. La rencontre avec la salle avait été dure. L'effort sur soi, une crispation dissimulée, l'épreuve des nerfs pouvaient être a priori les amorces de cette affreuse migraine qui l'avait assailli au cours de la nuit qui suivit, dans sa chambre du Saint-James-Crest Hotel où il était descendu.

Des moments professionnels pénibles, somme toute, ordinaires pour des fonctions exposées comme la sienne, Jean en avait connu beaucoup, et il n'établissait pas de lien entre l'épreuve sociale du jour et cette anormale migraine. Il avait vécu ce jour-là, après cette réunion, une émotion bien plus intense. C'était au Grosvenor Hotel, lors de son entrevue avec Rose-Mary Collins, une avocate britannique qui avait défendu une filiale anglaise du groupe et qu'il avait reçu à dîner chez lui lorsqu'elle était venue à Paris le rencontrer et s'entretenir avec un confrère français, un des conseillers du siège. Il profitait de son bref séjour à Londres pour la voir et surtout l'entendre, entendre ses préconisations quant aux initiatives à prendre sur un dossier délicat de sous-traitance, entendre aussi sa voix, chaude, sensuelle, et son divin accent puisqu'elle tenait à s'exprimer en français. Elle avait aussi pour elle, aux yeux de Jean, d'être facétieuse et d'user de la supplication moqueuse comme de l'imprécation. Pour faire bref, un moment à passer avec elle ne pouvait être boudé. Court moment d'ailleurs, car ce soir-là, Rose-Mary était attendue à dîner chez les parents de son ami et ne disposait que de peu temps pour leur rendez-vous, quoique la perspective de ce dîner, inscrit au registre des devoirs, ne l'enthousiasmait pas. Aussi, était-elle venue boire rapidement un verre avec Jean dans un des salons en recoin de ce superbe endroit, proche du domicile de ses futurs beaux-parents. Leurs fauteuils de cuir fauve se regardaient et bordaient, jusqu'à la toucher presque, voire à se fondre avec, l'étonnante bibliothèque du lieu, rayonnante de ses superbes ouvrages anciens dans les blonds et bruns dorés, qu'aucune porte ou vitre ne protégeait.

Ils s'étaient retrouvés à 19 heures, Rose-Mary était attendue à 21 heures. Ils disposaient de peu de temps et en conséquence, chacun s'employa à remplir au mieux ce bref moment, intermède du jour pour l'un comme pour l'autre. L'expression rapide, le ton bas et confidentiel emprunté et de rigueur dans cet endroit bien fréquenté, l'enchaînement des considérations entremêlées et les digressions badines qui en résultaient, les confidences qui parsemaient la discussion, nourrirent une intimité quasi spontanée. Ils furent l'un et l'autre surpris du plaisir d'être ensemble, et de réaliser sans l'exprimer, qu'arrivant à l'issue de leur entretien, ils se tapotaient machinalement les doigts, à se tenir presque la main. Mais si Jean aurait volontiers retenu cet instant, Rose-Mary devait s'en arracher. Il n'y avait, pour en sortir et pour tout épilogue, que la brusquerie. Rose-Mary se leva prestement, prit son manteau sous le bras et saisit, a priori au hasard, un ouvrage dans la bibliothèque à portée de main. Elle le lui tendit, mi-railleuse, mi-émue, en lui disant :

– Jean, voilà ! Puisque je ne puis rester, voilà de la compagnie pour terminer votre verre, prenez ceci, ceci est à vous puisque je ne puis l'être.

Il l'ouvrit tout aussi machinalement que ce geste était surprenant. Mais en l'ouvrant, il fut saisi. La page de garde l'assaillit et le jeta ailleurs. C'était un ouvrage d'Horace Walpole, *The Castle of Otranto,* publié en 1764, dont il n'avait jamais entendu parler. Un ex-libris armorié et une dédicace en couvraient la première page. Le contact avec ce livre fut électrique. Il crut lire : « pour Jean Courdavault, son ami Pierre Ménétier », et faillit perdre pied. Il crut subitement devenir fou : son livre ne pouvait être le sien, mais comment ? Quel phénomène mental engendre pareille confusion ? Que lui prenait-il ? Il se reprit, leva les yeux. Rose-Mary lui fit un signe rapide de la main portée à la bouche comme pour lui souffler un baiser. Elle était partie. Quant à lui, il se rassit, et relut la dédicace : *for Charles-Louis, Knight of Guez, his friend, James Cotton, Earl of Elviston, 1792, November 14th*. Mais, alors qu'il pouvait être soulagé de recouvrer ses esprits, la première émotion continuait à l'étreindre. Et ce livre qu'il tenait, il lui devenait difficile de s'en détacher, comme d'un objet cher longtemps perdu, longtemps enfui dans un recoin, dont on avait perdu la trace et, pour partie, le souvenir, et que l'on retrouve contre toute attente, et que l'on cherche à accrocher à un événement de sa vie, à une partie de son histoire. Jean caressait l'ouvrage comme il lui arrivait de le faire avec son missel d'enfant, chargé d'images pieuses et de petits mots d'enfant. Puis enfin, il le rangea posément après l'avoir feuilleté délicatement : dedans, quelques fleurs de myosotis séchées.

Il dîna dans le quartier de Piccadilly, dans un restaurant indien. Par manque de place, on l'installa en face d'un homme d'une soixantaine d'années, très *british*, seul à seul avec le *Times*. Par courtoisie, celui-ci plia son journal et se présenta « à l'ancienne » :

– Stephen Harris, antiquaire, j'ai bien l'honneur.

Jean se présenta de son côté. Il eut l'idée de lui demander s'il vendait aussi les livres anciens. Stephen Harris lui répondit par l'affirmative, mais occasionnellement, dit-il. Jean lui demanda s'il connaissait l'auteur Walpole.

– Lequel ? Hug Seymour Walpole, critique et romancier, écrivain du début du XXe siècle, Robert Walpole, l'homme politique de la première moitié du XVIIIe, ou Horace, son fils, qui quitta la politique pour voyager et écrire des ouvrages d'histoire ?

– Il s'agit de l'auteur de l'ouvrage *Le Château d'Otrante*.

– Enh, enh ! C'est bien d'Horace dont il s'agit : c'est lui qui est le précurseur du roman noir en Angleterre, et comme vous pouvez le voir, il continue à faire des émules, mais plutôt chez les dames, n'est-ce pas ? Avez-vous lu le dernier livre de Mrs Mary Higgins-Clarke ?

La journée avait été éprouvante ; après le rituel des échanges de cartes, l'antiquaire et Jean quittèrent le restaurant et se séparèrent. Arrivé à l'hôtel, dans sa chambre, Jean fut pris de migraine. Celle-ci commença son œuvre, accompagnée d'un rien de nausée. Elle commença par lui marteler le fond du crâne, puis elle opta pour de grands coups de semonce. Jean, aveuglé par la douleur, cherchait désespérément un soulagement en se tournant et se retournant dans le lit, sans l'once d'un début de résultat. Il voulut descendre à la réception de l'hôtel pour demander un cachet auprès du veilleur de nuit, mais le moindre mouvement accélérait le rythme des coups que la migraine lui portait. Il ne pouvait se concentrer pour penser, réfléchir, mais il fut, pendant toute la nuit, sur fond de douleur continue, harcelé par des noms, des mots, des phrases, qu'il s'entendait répéter :

– Walpole, Horace Walpole… Ceci est votre livre, puisque je ne peux être à vous… moi, le chevalier de Guez… James Cotton.

Puis, au fur et à mesure que le temps passait dans cette souffrance, d'autres noms et phrases sans visages et sans images, dont on ne sait d'où ils venaient, défilaient, lui remplissaient la tête et s'emparaient de lui sans qu'il ait un quelconque gouvernement sur l'ordre de sa pensée :

– C'est ce bravache de Puisaye… Yes sir… Du Dresnay, oui, c'est votre régiment, non… Oui, par le Saint-Pierre, à partir de Roscoff… C'est au 2 de Northumberland Court…

Rêve éveillé ?

Depuis ce jour, où plutôt cette nuit, Jean perdit un peu de sa belle assurance. Le rythme effréné de sa vie, le manque de retour sur soi, avaient peut-être un peu grippé ce mécanisme jusqu'ici si bien huilé ?

En juin, peu de temps après la nomination de Jürgen Brödberg, un Suédois, en tant que nouveau président, le groupe DVC s'était structuré par branches, par branches d'activité, chimie, bois et papier, nouvelles technologies, et par branches géographiques, Europe, Amérique Latine, Amérique du Nord, Asie. Il avait, lors de cette dernière réforme, redistribué les cartes. Les contrats de travail des « nominés » avaient fait l'objet de modifications, incluant des clauses nouvelles. Les jeux étaient redéfinis et éclaircis. Pierre y avait beaucoup travaillé. Jean espérait être responsable de la branche chimie, c'était à cela que son expérience, selon lui, le prédisposait, ou, à défaut, de la branche Europe où la chimie était le secteur d'activité prépondérant. Il n'en fut rien. Il fut nommé directeur adjoint auprès du directeur général, en charge des relations inter-branches. Il ne le vivait pas comme une promotion, mais il restait au moins provisoirement membre du Comex. Certes, il disposait d'un bon relationnel, mais cela lui imposait beaucoup d'interlocuteurs et de déplacements. Par ailleurs, son nouveau

Comité exécutif (N.d.l.r.).

bureau était contigu avec le secrétariat que le directeur général partageait avec lui pour des raisons de proximité de leurs activités respectives, et dont les fonctions couvraient essentiellement les missions de coordination et de gestion, en liaison constante pour ces dernières avec le directeur des services financiers, ayant, comme Jean, rang de directeur-adjoint. Le voisinage de son bureau avec celui de son directeur réduisait, de fait, sa mobilité physique au sein du siège du groupe et frustrait sa nature indépendante, alors qu'il disposait jusqu'ici d'une grande autonomie dont son tempérament avait besoin. Il se sentait, par avance, sous surveillance. De plus, il ne conservait pas sa secrétaire. On lui avait affecté Carole Metzger, la quarantaine, vingt ans chez DVC, qui avait fait jusqu'ici sa carrière sur deux sites de production, comme secrétaire ou assistante de chefs de site. Elle n'avait pas l'expérience des services centraux, des mœurs parisiennes et des jeux politiques du groupe.

Changeant de fonction, de cadre, de secrétaire, privé de ses anciens collaborateurs qui avaient pour lui une vraie dévotion, assisté d'attachés qui avaient échoué là, dans sa petite structure, parce qu'ils n'avaient pas été sélectionnés par la toute nouvelle direction des ressources humaines, de la mobilité et de l'emploi interne (DRH-MEI), pilotée par Pierre, quant à lui, maintenu dans son poste et conforté dans une direction dont les missions se développaient en intégrant même la gestion de carrières des hauts cadres dirigeants, Jean devait dorénavant s'appuyer sur des attachés plus ou moins aigris par le sort qui leur était fait, mais qui, conscients de la fragilité de leur position ou de leurs limites, n'étaient pas portés sur l'initiative et l'enthousiasme qui maintiennent la vigilance que requiert le foisonnement d'affaires sensibles. Parmi eux, il comptait, ou plutôt, il ne pouvait pas trop compter sur Michel Duras, trente-six ans, Sup de Co Paris (issu de la même promotion que Marie-Chantal Soubeiran), dix ans chez DVC, marié, déjà quatre enfants, qui avait été écarté du service de politique générale des ventes par Jean, quand celui-ci en était responsable, et qui devait lui en tenir encore rigueur…

La conjoncture de réforme profonde imposait une réactivité hors norme. Alors que les questions qui lui étaient posées nécessitaient des réponses urgentes, Jean devait organiser sa propre cellule de travail. Le concours de ses collaborateurs s'avérait laborieux et relatif et, devant toujours faire vite, par gain de temps, il les sollicitait peu ou pas du tout pour certains dossiers. Le climat n'était pas bon. Michel Duras plus que les autres, mais les autres aussi, affichaient leur disponibilité au secrétariat, entreprenant les secrétaires sur des sujets hors champ professionnel, ce qui agaçait de plus en plus le directeur général. Carole Metzger, contrairement à ce qu'aurait fait son ancienne secrétaire, entretenait volontiers le bavardage. Il est vrai qu'elle ne connaissait personne et qu'il lui fallait découvrir ses collègues et prendre ses marques. De plus, c'était une mauvaise affaire de cœur avec un cadre du site d'où elle venait qui la conduisit au divorce et déclencha sa mutation. Elle avait la réputation d'aimer les hommes. Quant au président du groupe, installé à l'étage supérieur, où se trouvait aussi le cabinet de la présidence et la DRH-MEI, il avait eu vent par les directeurs de branche, des faiblesses de la coordination. C'était la branche Amérique Latine qui, en proie aux difficultés économiques du continent, se montrait la plus acerbe.

Tenues à des recompositions récurrentes de provisions pour pertes à venir, les filiales argentines, brésiliennes et mexicaines irritaient les actionnaires et donc le président. En difficulté, harcelés par différents acteurs et parties prenantes de leur activité, leurs dirigeants recherchaient naturellement des boucs émissaires, dès lors qu'ils étaient pris en défaut pour manque de lucidité ou d'à-propos stratégique ou tactique. Jean portait ce discrédit sans s'en rendre vraiment bien compte. Dans l'enceinte du siège, au sein du cercle des cadres supérieurs, les esprits mesquins parlaient de lui, comme du chef des « Gris ». Les « Gris » dans le jargon de DVC, étaient les laissés-pour-compte du système : les médiocres, « les mauvais ».

Il est bien souvent vrai que ceux qui ont perdu le pouvoir et les moyens, dont ils disposaient en politique ou dans les grosses entreprises, pour s'imposer et quelquefois pour briller, perdent leur aura, leur savoir être « au-dessus », en quelque sorte leurs couleurs, et se fondent dans la grisaille de leur nouvelle condition ou de leur reste d'existence.

Le 26 novembre, la secrétaire de Pierre demanda à Jean de venir voir son patron. Comme il se proposait de monter spontanément, elle lui fixa plutôt un rendez-vous, pour le lendemain, à 11 heures.

Jean n'avait pas discuté avec Pierre depuis un bon mois. Ils se faisaient de brefs signes quand ils se rencontraient, mais, l'un et l'autre, « surbookés », étaient toujours pris, soit par leurs dossiers, soit par leurs accompagnateurs ou interlocuteurs. Aussi, Jean pensa que le rendez-vous de 11 heures préfigurait un déjeuner.

Le 28 novembre à 11 heures, Jean rencontrait Pierre, non pas dans son bureau, mais dans la grande salle du Conseil. Pierre l'y attendait avec le directeur général. Jean ne comprit pas. Il fut rapidement au fait de l'objet de l'entretien.

Chapitre II

LE BOUT DE DVC

La veille au soir, Jean avait eu avec Maud, son épouse, une altercation, ce qui était exceptionnel dans l'histoire du couple. Jean était un homme pondéré. Il avait le goût de l'harmonie qu'il recherchait toujours. Il était particulièrement attaché aux règles de courtoisie et à leur usage, et son comportement, en privé comme à la ville, était imprégné de ces principes.

Chercher l'harmonie à tout prix est parfois un exercice coûteux. Ainsi, s'échiner sur une relation que l'on ne maîtrise pas et que l'on souhaiterait améliorer, c'est, quand celle-ci continue à se dégrader, s'en imputer mentalement et moralement ses dérives et ses conséquences. Mener l'exercice impossible de vouloir, coûte que coûte, mettre en phase et en harmonie des êtres dont les intérêts matériels ou affectifs sont contraires, ce qui, pour son auteur, est une quête généreuse et louable, s'avère être une démarche présomptueuse qui ne règle rien et qui, pour parvenir à un semblant de résultat, occulte bien souvent tout ou partie des causes de la mésentente ou du conflit, qui peuvent par ailleurs être obscures, ce qui est de nature à maintenir le malentendu, voire à le conforter. C'est ici un geste de fausse sagesse.

C'est cet exercice délicat et voué à l'échec que Jean avait tenté de mener dans le cadre de ses relations familiales. Il y avait moins de deux ans, Maud avait hérité d'une tante, la sœur aînée de son père, une maison, comme on dit dans son milieu, en fait, un châtelet Louis XIII en Touraine, près de Saumur. L'aînée d'une fratrie de cinq enfants, elle avait eu une relation privilégiée avec cette parente qui la prenait chez elle régulièrement lors de ses premières vacances scolaires. Soucieuse de transmettre cette maison familiale et son mobilier, elle avait fait de Maud qui, de plus, disposait a priori de quoi l'entretenir, sa légataire universelle. Cette initiative avait mis de l'aigreur dans les cœurs du frère et des sœurs de Maud, même s'ils étaient à même de comprendre que, sans ce geste, la propriété serait sortie de la famille.

Si ce bien devenait le bien personnel de Maud, les frais de successions durent être supportés par le ménage, or Jean pourvoyait seul à l'entretien de celui-ci. Fort de sa contribution, Jean, marié sous le régime de la séparation des biens, attendait dans son principe quelques contreparties. Son beau-frère et ses belles-sœurs auraient souhaité avoir quelques meubles et tableaux de famille. Le fait d'être écarté de la succession se digérait peu à peu. Ils proposèrent de les acheter. Jean, soucieux de voir s'apaiser les esprits, attaché aux frère et sœurs de Maud qui lui avaient toujours témoigné de l'affection, était partisan d'accéder à leur demande. Il trouvait là aussi l'occasion de recouvrer une part des frais engagés pour la succession et le moyen d'acheter le cabriolet de ses rêves, d'avoir une voiture personnelle, puisque celle dont il disposait appartenait à DVC. Or, Maud ne s'y résolut pas. D'abord, elle voulait surtout garder les meubles convoités, ceux-là mêmes. Ensuite, elle considérait que c'était trahir les vœux et la confiance de sa tante que de disséminer son mobilier.

Au-delà de l'intérêt qu'il pouvait trouver à la réalisation de l'opération visée, Jean avait misé sur le retour de l'harmonie familiale. Il se prêta aux jeux de Monsieur Bons offices. Lors des échanges avec l'un et l'autre, il recueillait quelques griefs anciens et tenaces. Certains lui apparaissaient fondés. Il tenta de les réduire pour le rapprochement des cœurs, en amenant Maud à les comprendre et à les atténuer par on ne sait quel amendement ou repentance. C'était l'impasse que trouvait cette démarche qui conduisit à l'altercation entre Maud et Jean, le mardi 27 novembre au soir. Ce fut l'occasion pour le couple de s'asséner quelques mauvaises vérités. Maud reprocha à Jean, avec aigreur, son absence pour son anniversaire, le 15 septembre. Il était en déplacement. Maud, se sentait vieillir et notait que Jean l'avait abandonnée ce jour-là même où elle attendait de lui qu'il la réconfortât et s'occupât d'elle, pour la distraire de son angoisse. Elle ajouta que ses amis avaient été passablement choqués par cette attitude. Jean ne pouvait se soustraire à cette mission qui l'avait, comme souvent, éloigné du logis. Il trouva ces griefs dérisoires et puérils. Ce fut pour lui l'occasion de réaliser que leur entente était plus cordiale que profonde, qu'avec le temps un protocole s'était établi qui fixait leur union davantage dans la forme que dans le fond. Il est vrai que Jean n'accordait pas grand intérêt aux élans de Maud quand il avait la tête pleine de DVC. Le domaine des priorités et des urgences de Jean appartenait plus à DVC qu'à son ménage. Lors de cette dispute, le manque de caresses apparaissait, par ailleurs, comme un lourd reproche que lui adressait implicitement Maud.

Au moment de rentrer dans la salle du Conseil, Jean méditait sur l'étendue des mises en causes que cet échange vif de la veille suscitait.

Le comité exécutif du groupe s'était réuni dans la salle du Conseil de 8 heures à 10 h 45, soit quarante-cinq minutes plus tard que prévu. Jean n'y avait pas été convié. Il s'en était d'abord étonné et, réalisant que le directeur des services financiers, directeur adjoint comme lui, ne l'avait pas été non plus, il ne s'en était pas davantage formalisé.

Le temps de remettre les fauteuils en place, Pierre avait choisi cet endroit pour l'entretien. Il avait préféré la solennité du lieu à l'intimité de son bureau, quoique celui-ci, très dépouillé, n'était guère moins froid que la salle du Conseil.

Jean fut d'abord surpris d'y trouver le directeur général. Celui-ci était debout et paraissait achever la conversation qu'il avait avec Pierre, assis et silencieux. Jean pensa ensuite qu'il était resté quelque temps dans la salle après la réunion du Comex pour quelques mises au point avec Pierre. Or, dans la minute qui suivit l'entrée de Jean et les salutations d'usage, le directeur général s'installa près de Pierre. L'un et l'autre s'appliquèrent à adopter une attitude très docte après avoir fait asseoir Jean en face d'eux. Pieds bien à plat, les avant-bras collés à la table, pour emprisonner un épais dossier, ils tenaient l'un et l'autre de manière outrancière la tête droite et haute dans l'attitude des sphinx égyptiens. Jean trouva cette mise en scène saugrenue, mais, en praticien, il comprenait que la distance affichée par celle-ci ne préfigurait pas un moment facile. Jean cherchait les yeux de Pierre pour l'éclairer sur l'objet de cette confrontation. Ceux-ci ne se dérobèrent pas. Soumis à cette interpellation implicite, Pierre s'élança.

– Jean Courdavault, commença-t-il, vous paraissez surpris du cadre de cette rencontre. Je dois vous en faire connaître le fond. M. le directeur général s'est joint à nous. Il est rapporteur des motifs qui vous amènent ici. Quant à moi, mon rôle de DRH me conduit à vous parler au nom du groupe. Il est temps, pour DVC, de faire le point sur votre situation.

– le point sur ma situation ? marmonna Jean.

– Comme vous l'aviez compris, lors du remaniement relatif à notre réforme structurelle, nous ne pouvions vous nommer directeur de branche. De l'avis du comité de proposition des nominations, vos responsabilités passées ne vous ont pas amené à connaître l'ensemble des domaines d'activité de DVC, ce qui apparaissait comme prérequis. Certes, vous avez été chef du service de la politique générale des ventes, mais nous n'avions pas encore investi à l'époque dans les nouvelles technologies. Et ce secteur demande une attention particulière. Il cumule aujourd'hui les sinistres et réclame des réorganisations et des mesures sociales. Quant au Président, il avait soumis une liste de noms de collaborateurs susceptibles de tenir les branches. Votre nom n'y figurait pas. À ceux qui s'en sont étonnés, le président les a regardés sans répondre. Il semble que aviez déjà cessé de le convaincre. Peut-être, a-t-il mal vécu et retenu contre vous cette perte de vitesse que vous accusiez sur des dossiers que vous paraissiez initialement bien mener, et que certains d'entre nous ont pu remarquer en Comex, comme ils ont pu s'étonner de vos hésitations et de vos absences manifestes en réunion. Par ailleurs, DVC souhaitait que les directeurs de branche, comme les autres bénéficiaires des nominations « tête de groupe », puissent tenir leur barre pendant cinq ans. En conséquence de quoi, la question de l'âge se posait. Et « nous » avons préféré nommer des quadras. Toutefois, votre ancienneté dans le groupe nous a conduit à vous laisser votre chance dans sa nouvelle structure.

La porte de la salle du Conseil s'ouvrit et Pierre s'arrêta un instant. C'était une employée de la société de nettoyage. Jean la connaissait bien. Quand elle était du soir et qu'elle arrivait à la hauteur de son bureau, on était dans les 20 heures. Elle appartenait à ses repères. Elle bredouilla un mot pour se faire excuser. Pierre Ménétier reprit et dit, d'un trait :

– Or, il s'avère qu'en charge de la communication inter-branche, vous ne parvenez pas à l'établir et à la mettre en œuvre. Or, la nouvelle dynamique du groupe doit trouver une bonne part de son efficacité par la somme des inter-connexions à réaliser et à activer dans votre structure. Si l'on peut faire une comparaison, votre activité est celle des aiguilleurs du ciel pour le transport aérien. Et pour rester sur cette comparaison, il s'avère qu'aujourd'hui M. le directeur général a pu faire le point, à la demande du président, sur l'ensemble des « télescopages » qui ont pu avoir lieu et qui nuisent tant aux relations des membres de la tête du groupe qu'au fonctionnement efficace de DVC. Des injonctions de la présidence ne sont pas parvenues ou ne sont pas parvenues à temps à leurs destinataires. Des collaborateurs, dont la présence et l'expertise étaient nécessaires pour étayer des prises de position avant décision, lors de certaines réunions ou rencontres, n'ont pas été sollicités. Enfin, vous n'assurez pas le management de votre équipe, qui de plus s'en est plainte auprès du directeur général. Enfin, vous n'avez pas fait part de vos difficultés à M. le directeur général qui n'a pu, ainsi, prendre les mesures qui s'imposaient pour endiguer vos dérives.

Jean était interloqué. La charge était dure. Certes, le propos était tenu par le DRH, comme bras armé de DVC et dans son rôle, mais c'était quand même Pierre...

Pierre demanda au directeur général s'il avait quelque chose à rajouter. Ce dernier répondit par la négative, sinon qu'il regrettait que la situation soit telle qu'une décision, qu'il n'avait pas été facile pour DVC de prendre, soit nécessaire.

– Oui, reprit Pierre, DVC a pris la décision de se priver de toi, passant accidentellement au tutoiement.

– Se priver de moi, avec les dommages que je lui cause ? répondit ironiquement Jean, dans un étranglement.

Tout était dit. Restait la mise en œuvre de son congédiement.

Pierre indiqua que cette tâche était confiée à son adjoint qui l'attendait cet après-midi.

Sonné, Jean s'en était retourné à l'issue de l'entretien dans son bureau. L'œil fixe, hagard, il n'arrivait plus à coordonner ses pensées. Puis, soudainement, sortant de sa torpeur, mais avec des gestes mécaniques, il ouvrit sa serviette et y engouffra ce qui n'appartenait pas à DVC. En fait, peu de choses, ou plutôt quelques objets sacrés. La photo de son épouse entourée de ses enfants, la petite horloge de bureau, cadeau de sa fille, le sous-main en cuir et le reste du nécessaire de bureau en cuir bordeaux, cadeau de ses anciens collaborateurs pour ses cinquante ans et... un presse-papiers, un sulfure que lui avait offert Rose-Mary, en remerciement de son invitation à dîner chez lui.

L'après-midi, il monta à la DRH-MEI. L'adjoint de Pierre l'attendait. Il lui rappela les termes du contrat qui visaient les conditions d'une séparation comme celle-ci. Ceux-ci consignaient le principe et les conditions de la transaction. Les clauses d'éviction et d'indemnisation étaient moins protectrices et matériellement moins « avantageuses ». Mais, elles existaient et elles avaient été acceptées. L'indemnité était de dix-huit mois de salaires. Son licenciement revêtait le caractère d'un accord négocié. Une bonne part de l'indemnité était fiscalisée. L'adjoint lui présenta une liste d'accessoires matériels à restituer, sans délai : le mobile, le micro-portable, le palm-pilot, l'Audi 40, les cartes de réduction, Air France, SNCF, la carte Avis, la carte de paiement différé du groupe mise à sa disposition, les badges d'accès aux sites de DVC et du parking, les clés et leurs doubles, clés du coffre de bureau, clés du bureau. Il lui était demandé, par ailleurs, de lister les dossiers en cours qu'il ne partageait pas avec des collaborateurs du groupe, et il lui était spécifié que les dépenses réalisées avec la carte de crédit du groupe feraient l'objet d'un inventaire.

Jean restitua. Il s'exécuta dès le lendemain. Il avait demandé que son téléphone mobile lui soit laissé jusqu'à la fin du mois. Pour des raisons qui n'appartenaient qu'à DVC, la DRH ne donna pas suite à sa demande. Et Jean laissa derrière lui l'ensemble de sa panoplie de « grand officiant » de DVC. Si cette restitution avait sensiblement le caractère d'une dégradation, c'était le sentiment d'avoir été un petit soldat qui l'emportait. Jean n'avait rien vu venir. Il acceptait a priori la sentence, puisqu'elle était celle de DVC dont il était depuis longtemps le premier à défendre les valeurs et le bien-fondé des mesures, toutefois sans bien en comprendre la cause. Et s'il avait eu sur le moment quelque révolte, il n'aurait pas trouvé les ressources intérieures pour la manifester. Il semblait résigné. Il réalisait pourtant l'étendue des conséquences de son exclusion.

Le lendemain, il appela Pierre Ménétier sur le téléphone portable de celui-ci. Il souhaitait le rencontrer hors des locaux de DVC. Devant partir sans délai pour Amsterdam et un colloque à cheval sur le week-end, Pierre Ménétier lui proposa de se retrouver le mardi 4 décembre au matin, au Crillon pour un petit déjeuner.

Jean marcha beaucoup toute la journée du vendredi. Du fait du changement soudain de sa situation, le premier handicap à surmonter était la privation de sa voiture de fonction qu'il utilisait comme sa propre voiture, le week-end comme pendant ses vacances. Il loua en conséquence une Mercedes auprès de l'agence Avis qu'il connaissait à Neuilly-sur-Seine, près du marché des Sablons, pour une semaine. Il prit dans la foulée un abonnement chez Orange TM et acheta le même modèle de téléphone portable que celui qu'il avait du restituer, le Nokia 6210... À cette occasion, il s'en voulut de ne pas avoir eu la présence d'esprit de recueillir les numéros de téléphone enregistrés dans la carte SIM, mais c'était trop tard !

L'urgence était au rééquipement minimal. Maud avait prévu d'aller chez ses parents ce week-end, avec Jean et les enfants qui s'étaient montrés exceptionnellement disponibles. Jean n'était pas prêt pour leur annoncer son renvoi. La voiture louée était donc censée remplacer momentanément la voiture de fonction, victime d'une défaillance mécanique.

Chapitre III

MAUD, NÉE HAUDIDIER DE COURNON

Les parents de Maud avaient opté pour leur retrait quasi définitif dans leur propriété normande, près de Caen. Ils avaient vendu leur appartement, rue de l'Université, et avaient fait d'un studio qu'ils louaient, rue du Bac, leur résidence parisienne quand celui-ci fut libéré. Depuis, ils résidaient presque exclusivement à la campagne. Ce choix avait été conduit par des raisons économiques, par l'avancée dans l'âge qui les rendait moins mobiles, par l'amour de leur propriété. Depuis, Maud programmait quelques week-ends chez eux. Par le passé, quelques dîners et cérémonies dans l'année amenaient Jean à rencontrer sa belle-famille ; quant à Maud, qui adorait le Quartier latin, elle leur rendait visite à toute occasion.

Ils arrivèrent à La Bellefondière, la propriété des Haudidier, pour le déjeuner du samedi. Comme à son habitude, après avoir ouvert le portail de la propriété, le père de Maud les attendait, non pas sur le perron, mais dans la grande salle de la maison, une fort belle et grande maison de maître de facture Directoire, avec un fronton néoclassique et une quinzaine de pièces distribuées sur deux niveaux. Il aimait à les attendre près de la cheminée, dans la grande salle, celle des réceptions, près d'une table basse dressée pour le service de l'apéritif. Assis dans un grand fauteuil à oreillettes en velours pourpre, il observait un rituel bien rodé et ne s'en levait qu'à l'entrée de ses enfants.

Jean ne l'avait pas vu depuis deux mois et le trouva changé, vieilli, un peu las, peut-être légèrement amaigri. Il s'était levé en s'appuyant à deux reprises sur l'un des accoudoirs avant d'y parvenir. Il serra fiévreusement la main de Jean, qui le sentit presque chancelant, ce qui l'intrigua. Maud, volubile, heureuse que les enfants aient accepté de venir, s'agitait auprès de sa mère qui recueillit fleurs et gâteaux, puis monta à l'étage pour déposer leurs sacs de voyage. Quant aux enfants, après avoir rapidement embrassé leurs grands-parents, ils étaient sortis avec Flip, le labrador de la maison, étrenner le jouet en caoutchouc qu'ils avaient acheté pour lui « chez Truffaut », lorsque la famille s'était arrêtée pour les fleurs. Philibert de Cournon profita de cet instant pour dire furtivement quelques mots à Jean.

– Jean, nous n'avons jamais eu de longues conversations. Nous ne sommes pas, à proprement parler, des intimes. Beaucoup de choses nous séparaient lorsque nous nous sommes connus. D'abord, vous m'enleviez ma fille, mon aînée. Je ne pouvais vous en vouloir : c'était son choix et c'est la vie. Vous verrez vous-même ce que recouvre pour un père le départ d'un enfant de la maison. Ensuite, vous n'apparaissiez pas comme le meilleur garant des valeurs et traditions dans lesquelles nous souhaitions que notre fille continuât à vivre. Enfin, vous n'apportiez pas au moment de votre mariage le minimum de confort matériel au ménage. Mais, je dois dire que j'ai toujours apprécié votre courtoisie, votre courage aussi. Vous en avez fait preuve et je suis satisfait que le travail et la chance vous aient donné aujourd'hui une situation enviable. Une situation qui permet à Maud et à mes petits-enfants de vivre dans un milieu protecteur, dans notre monde, à l'abri des difficultés que le manque de moyens engendre. Je suis aujourd'hui âgé. Je suis devenu avec le temps, mon premier médecin. Depuis quelques mois, je sens ma santé déraper. Je ne voudrais pas m'étendre sur le sujet, mais je ne voudrais pas, non plus, manquer l'occasion de vous dire quelques mots, pour moi, essentiels. Je ne regrette pas que ma fille vous ait épousé. Je m'en félicite même. On ne sait pas ce que sera demain. Je vous demande de veiller sur elle et de toujours l'accepter telle qu'elle sera. Les femmes changent comme nous tous, mais en plus, elles sont changeantes. Elles sont plus calculatrices, plus vénales, plus capricieuses que nous le sommes, mais vulnérables quand même. C'est ainsi. Il convient de ne pas être trop intransigeant et savoir accepter quelques déplaisirs qui peuvent survenir avec le temps et des fois, devoir pardonner... Je me tais, on arrive...

Philibert Haudidier, comte de Cournon, portait toujours beau malgré ses soixante-dix-huit ans. Grand, plutôt mince, des cheveux blancs et fournis, des yeux d'un bleu très franc, très soigné, très « Tweed » depuis sa mise à la retraite, donc depuis une douzaine d'années, il gardait belle allure. Il avait été grand quelque chose dans une grande banque privée.

Il partageait son temps entre Paris, ses travaux de généalogie, ses livres, les activités de l'Ordre équestre dont il était membre, son club, les amis que la vie lui avait laissés et La Bellefondière, les soins à lui prodiguer, son parc, l'entretien de l'étang, les promenades à pied et sa magnifique bibliothèque qui comptait près de dix mille ouvrages, aux senteurs des cuirs blonds et bruns des XVIIe et XVIIIe siècles et aux riches reliures de couleurs des XIXe et XXe siècles.

Cette bibliothèque était, en sus d'un superbe ensemble de livres, une pièce premier Empire d'une remarquable beauté, en rotonde, toute en rayonnages d'acajou. Jean aimait particulièrement cette pièce ainsi qu'une des antichambres de La Bellefondière aux boiseries blondes de facture Régence, où se trouvaient une cheminée Louis XV de marbre blanc veiné de bleu au-dessus de laquelle son beau-père avait accroché ses quartiers armoriés. Le comte de Cournon portait « d'azur à un anneau d'argent ». Sa mère, Angélique, née de Maringes, portait, avec les armes de son époux, « de gueules au sautoir d'or, au chef d'argent chargé de trois molettes d'azur »... La branche paternelle remontait au début du XVe siècle, la branche maternelle, seulement à la fin du XVIe.

Jean aimait à retrouver ces deux endroits magiques. Jeune, avant DVC, il se passionnait pour l'histoire et avait du goût pour cet art emblématique qu'est l'héraldique. Lorsqu'il avait rencontré Maud, lors d'un gala de grande école, il lui avait montré, pour la séduire, qu'il possédait un peu cette discipline. Et il lui avait fait un jour, peu de temps après leur rencontre, la surprise de connaître les armes de sa famille. Sauf qu'il existait deux familles et deux anciens fiefs du nom de Cournon, l'un en Bretagne et l'autre en Limousin, et qu'il était mal tombé ! De toute façon, Maud ne s'intéressait pas trop à ces choses. Par contre, Marie-Antoinette Haudidier, née Nemo, sa mère, elle, y portait intérêt sans bien les comprendre.

Pas avenante du tout, la belle-mère de Jean cultivait deux défauts : la vanité et la pingrerie. Fille cadette d'un couple d'artisans qui ne roulaient pas sur l'or, sa nature profonde, personnelle et peu amène, et non ses origines, avait fait d'elle une personne à qui le premier venu devait tout, une personne ne doutant de rien, sinon de tous, s'imposant sans aucune gêne, imposant ses courtes vues à tout auditoire, aux meilleurs intellectuels y compris, regardante avec les siens comme en charité, sordidement radine. Le temps, malgré le confort de son existence, n'avait pas réduit ses travers, au contraire. Jean se demandait ce que son beau-père avait bien pu lui trouver et ce qui l'avait conduit à l'épouser. Quand il en parlait à Pierre Ménétier, il la baptisait « la rate ». Il n'y avait d'ailleurs que celui-ci pour connaître ce sobriquet dont Jean l'avait affublé. C'est dire en quelle estime il la tenait. Son patronyme avait amusé Jean qui avait de l'intérêt pour l'étymologie des noms propres. Celui-ci le renvoyait à Jules Verne dont il saluait le génie, ses romans à clés et un de ses héros, le capitaine Nemo, capitaine du Nautilus. Que sa belle-mère ait pareil nom de jeune fille l'avait intrigué. Il n'apparaissait pas très lié à son terroir, alors que celle-ci vantait sa vieille souche normande. Un peu latiniste, il en connaissait la signification : c'était un surnom latin qui voulait dire « personne ». Il avait alors cherché et trouvé l'origine géographique de ce nom : on le rencontrait dans la région du Havre ou encore dans le Finistère où il était attribué à un enfant trouvé. Un rien narquois, Jean, en réponse à la suffisance de sa belle-mère, n'avait pas manqué de faire part à cette dernière du résultat de sa recherche.

Marie-Antoinette épouse Haudidier, Madame la comtesse à la ville, bien que sortant de nulle part, n'avait jamais manqué de rappeler plus ou moins implicitement à Jean sa condition avant qu'il ne réussisse. Mais ensuite, elle n'avait jamais laissé passer l'occasion de l'entreprendre, montrant son intérêt pour lui, intarissable en propos inconsistants. Comme il le disait à Pierre, les lundis de retour de Normandie, quand celui-ci lui demandait comment le week-end s'était passé : « J'ai encore eu la rate sur les pieds. »

Pendant le repas, ses pensées tournaient « en boucle » : elles tournaient autour du propos du beau-père, de l'éviction de DVC, du défaut de perspectives pour l'avenir. C'est au moment de quitter la table que Jean réalisa que Maud était curieusement gaie, enjouée comme une gamine, ce qui l'intrigua. Quant aux enfants, ils manifestaient comme d'habitude leur ennui. Il est vrai que la conversation tournait rarement autour de leurs préoccupations.

L'après-midi, Jean s'était promené dans le parc, seul avec ses enfants. Il faisait froid et humide. Maud préféra rester avec sa mère, à papoter. Son père, lui, se retira pour se mettre au repos dans une chambre du bas.

Jean, qui voyait peu ses enfants, voulut profiter de ce moment privilégié, surtout en raison de la fragilité de sa situation qui le ramenait à l'essentiel. Anne-Françoise, qui avait un petit ami, était « ailleurs » et il ne parvint pas à l'intéresser aux sujets qui, pensait-il, l'inciteraient au bavardage. Quant à Stanislas, son fils, qui n'était pas vraiment sorti de l'adolescence, il se montrait réfractaire à tout échange. Il rechignait manifestement à se prêter à cette obligation familiale qu'il trouvait, comme tout ce qu'on lui proposait, saugrenue. Il fit le tour du parc, la tête baissée, les mains profondément enfoncées dans les poches de son loden, en donnant des coups de pied régulièrement, ici à un caillou, là à une motte de terre...

Le soir était tombé depuis un moment. Les jeunes faisaient une partie de billard américain, entrecoupée d'appels téléphoniques sur leurs portables. Philibert de Cournon se réchauffait près du feu, *Le Figaro* en main, Flip à ces pieds. Jean était dans la bibliothèque et feuilletait des ouvrages qu'il sortait, rangeait, reprenait. Il éprouvait de grosses difficultés à se concentrer et à s'extraire de ses mauvaises pensées. Marie-Antoinette de Cournon, qui avait fait ses courses le matin, refaisait ses comptes, et Maud semblaient surveiller quelque mets en élaboration à la cuisine. Qui l'aurait observé l'aurait senti un peu nerveuse, mi-impatiente, mi-anxieuse.

Lors de visites, les dîners à La Bellefondière se prenaient à 21 heures, dans l'unique salle à manger après l'apéritif pris au bar dans le hall, où dans la grande salle.

Il était 18 h 30 environ quand les phares d'une voiture vinrent éblouir la grande salle. On frappa avec le marteau de porte. C'était peut-être le jardinier. Il prévoyait des coupes lourdes pour bientôt, mais Jean de Cournon tenait à ses arbres et il convenait de le consulter pour toute initiative. Il s'apprêtait à se lever, mais Maud le devança. Elle se montra à moitié surprise, c'était Richard Danzac.

Richard Danzac, quarante-trois ans, sans vraie formation mais sportif, ancien chanteur de variété, peu connu, très peu connu, divorcé depuis bien longtemps, une dizaine d'années, de Mireille du Saillant, amie d'enfance de Maud, qu'il avait « plumé » à l'occasion du divorce, menait une vie, sinon tapageuse, du moins d'aventurier mondain et moderne. C'était un garçon qui, à la campagne, se plaisait en tenue d'équitation. Les bottes de cuir, imposantes et sonores, renforçaient, il est vrai, sa présence. Et à la ville comme à la campagne, il aimait afficher « ses ors ». Il portait au poignet une épaisse gourmette à son prénom, au doigt une énorme chevalière grosse d'un plantureux onyx noir, au cou une chaîne de forçat et suspendue à celle-ci, une lourde (dans les deux acceptions de l'adjectif) médaille ronde, gravée d'un serpent, son emblème, qu'il laissait voir sur un haut de poitrine bronzée et velue. Habitué, l'été, du Lavandou et de Saint-Raphaël où il savait se faire inviter, le reste de l'année, de Deauville et des rencontres festives parisiennes, il avait reconnu Maud, récemment, lors d'un vernissage dans une galerie de la rue Jacob. Maud en avait parlé à Jean. Jean avait eu l'occasion de rencontrer Richard Danzac à plusieurs reprises, mais il y avait de cela une quinzaine d'années à l'occasion de quelques mariages huppés, et une fois, lors d'une soirée dans la résidence d'été des parents de l'ex-épouse de celui-ci, à Sarzeau dans le Morbihan. Jean lui avait rappelé le peu de sympathie que le Richard lui inspirait. Maud s'était dite intéressée par une rencontre artistique que Richard Danzac souhaitait mettre en œuvre à Trouville.

Richard Danzac, disait avoir un peu cherché, un peu « tourné » avant de trouver, par pur hasard, le chemin de La Bellefondière. Ce qui apparaissait certain, c'est qu'il savait où retrouver Maud ce soir-là. Lui avait-elle suggéré de passer alors qu'il était dans la région ou avait-il pris sur lui, avec le culot qui lui était naturel et sa curiosité intéressée, de s'aventurer au milieu de son week-end en famille ?

C'est Maud qui accueillit Richard Danzac. Philibert de Cournon regarda en coin, au-dessus de ses lunettes, entrer celui qu'il allait vite classer parmi les fâcheux de passage. Maud manifestait fort haut sa surprise. On la sentait gênée. Il arrivait à point pour l'apéritif. Ce qui lui fut vite proposé. En quittant son manteau, il regarda, sans retenue, du hall d'entrée, tout ce que l'on pouvait voir de cet endroit. Maud fit les présentations. Il occupa vite la place. Il n'attendit pas qu'on le lui proposât pour s'asseoir. Il remua beaucoup. Puis il se leva pour faire le tour de la grande salle et interroger la famille présente sur la famille passée. Chaque portrait avait son lot de questions et de commentaires.

Au bout de trois quarts d'heure, il exprima le vœu d'aller voir la petite chapelle au fond du parc. Nous apprîmes, ensuite, que Maud avait parlé de cet endroit comme un endroit charmant propre à accueillir un vernissage champêtre.

Maud l'y conduisit. Ils mirent du temps. On les attendait, ou plutôt on attendait Maud pour passer au dîner. Quant ils rentrèrent, l'un derrière l'autre et sans mot, Jean trouva que Maud avait les joues bien rouges. Répondant à son regard interrogateur, Maud dit simplement : « Quel froid ! » Il était difficile de ne pas « retenir » Richard Danzac à dîner, proposition que fit sans enthousiasme le maître de maison. L'importun accepta volontiers l'invitation.

Richard Danzac appartenait à ce genre d'homme qui ne craint pas de pousser la provocation jusqu'à draguer une femme devant son mari. Il ne se gêna pas à table. Philibert de Cournon et Jean se regardaient, fédérés par la même aversion pour pareille grossièreté. Quant à Marie-Antoinette, elle avait dû entendre un peu parler du personnage par sa fille, et peut-être en avait-elle dit, de son côté, quelques mots à son mari.

Danzac mena la conversation, passa d'un sujet futile à un autre : ses dernières vacances à Saint-Raphaël, ses virées nocturnes à Saint-Trop', ses rencontres avec quelques personnalités de la *jet-set,* sa dernière voiture, une Porsche Carrera, celle qui l'avait mené ici de Deauville en un temps record, le festival qu'il voulait monter. Maud paraissait prendre plaisir à l'écouter. Elle riait de ses plaisanteries, ce qui agaça fortement Jean. Puis Richard Danzac loua la soirée où il rencontra Maud. Ce soir-là, Jean était venu la rejoindre mais trop tard : les invités se dispersaient. Richard disait le regretter, ils auraient pu passer le reste de la soirée avec d'autres amis. Il demanda si l'on avait des nouvelles de son ex, « Mimi du Derrière », comme il l'avait rebaptisée pour la circonstance. Il est vrai que Mireille du Saillant, que connaissait bien la famille, et qui s'était remariée avec un ami d'enfance issu de sa caste, se mouvait avec un déhanchement remarquable. Mais, ce sobriquet irrita Philibert de Cournon qui lui dit : « *Allons, Monsieur !* » Ceci coupa court le débit volubile de Danzac. Nous arrivions à la fin du repas. Danzac, tout à coup pressé d'aller ailleurs, prit congé.

Cette nuit-là, Jean intrigué par la comportement inhabituel de son épouse, contrarié par le déroulement de la soirée, légèrement sur les nerfs qui lui avaient fait défaut lors du dernier entretien que lui avait réservé DVC, tenta d'entreprendre amoureusement Maud qu'il trouva tout à coup terriblement séduisante. Une migraine qui affecta malheureusement Maud à ce moment précis l'en empêcha.

Dimanche passa. Lundi, Jean marcha dans Paris. Mardi matin, il avait rendez-vous avec Pierre Ménétier.

Chapitre IV

PIERRE ET JEAN : CLÔTURE D'EXERCICE

Le choix de l'Hôtel Crillon pour ce rendez-vous n'était pas neutre pour Pierre. DVC programmait régulièrement des petits déjeuners institutionnels au Crillon. On y recevait des partenaires de passage à Paris. On y retrouvait un ou quelques collaborateurs pour des mises à plat ou au point, hors de l'enceinte physique de DVC, pour des rencontres plus informelles.

Jean attendait de cette entretien la part d'explication qui lui manquait, une attention solidaire de Pierre et le principe de leurs relations futures.

Pierre est arrivé juste derrière Jean au rendez-vous. Il avait dû emprunter les pas de Jean sur quelques mètres avant d'entrer dans l'hôtel, mais ne l'avait pas appelé.

Il se retrouvèrent au moment où Jean s'arrêta pour demander la table qui leur était réservée. Ils procédèrent aux salutations, fort brèves. Jean dévisageait Pierre. Pierre lui demanda :

– Jean, tu souhaitais que l'on se rencontre. Qu'attends-tu de notre entrevue ? Y a-t-il des points de ta situation qui restent à régler avec DVC ?

– Je souhaitais te rencontrer, toi, Pierre Ménétier, l'Ami, plutôt que le DRH du groupe. J'attends de toi, Pierre, la franchise que nous avons toujours eu l'un pour l'autre, au nom de nos valeurs communes et de nos meilleurs instants de complicité. Ces longues années d'amitié me fondent à attendre de toi quelques attentions et sans doute de faire certains efforts pour sortir de tes fonctions. Pour tout te dire, et tu n'en seras pas étonné, je suis on ne peut plus surpris et dépité que tu ne m'aies, à aucun moment, prévenu de mon début de glissade vers la porte de DVC que tu as dû voir amorcée. J'aimerais comprendre ce qui m'est arrivé ! Et te comprendre aussi.

– Je suis ce matin encore le porte-parole de DVC. Ceci dit, il est vrai que je peux m'autoriser à quelques commentaires sur les causes et circonstances de ton départ du groupe. Il me faut aussi te donner mon sentiment sur celles-ci. Enfin, je peux me mettre un moment à ta place et te dire ce que je ferais ou envisagerais en pareille situation. Notre relation est née de DVC. Tu m'as accueilli dans ton équipe, il y a huit ans. C'est toi qui ma donné une part des clés qui m'ont permis, disons, de progresser. J'attribue, par contre, davantage mes deux dernières nominations aux nouvelles ambitions du groupe et à son changement de stratégie. Le président, en arrivant, s'est naturellement méfié de l'équipe en place. Ce sont les difficultés de DVC, en prise à un développement hasardeux, qui l'ont amené à DVC. Les actionnaires ont été lassés par l'immobilisme du conseil d'administration passé et les mesures conservatrices qu'il votait. Le consensus avant débat était non pas le résultat d'appréciations objectives mais celui de l'allégeance au président qui avait acheté par des participations croisées la plupart des membres du Conseil qui jouaient leur maintien et, disons-le, leurs jetons. Le nouveau président est un financier parce que, aujourd'hui, DVC connaît un vrai problème d'endettement. La restructuration de DVC permet de voir maintenant plus clair en DVC, de mieux cibler les actions et surtout d'isoler les activités sinistrées. Les affectations ont été faites sur proposition du cabinet Kellermann qui nous a tous reçus. Ont été choisies pour les fonctions de direction les personnalités les plus à même de gérer le changement de politique de DVC, en s'assurant de ne pas perdre la mémoire du groupe. En conséquence de quoi, ce sont des collègues bien en place qui ont été nommés. Ce sont des collègues qui ont été repérés par le cabinet Kellermann pour leur aptitude à quitter une fonction confortable pour une remise en cause profonde et une prise de risque, d'ailleurs soulignée dans son principe par de nouveaux contrats moins protecteurs et accentuant la part des rémunérations relatives aux résultats. J'ai été nommé dans ce contexte. En ce qui concerne ta nomination, elle s'inscrit sur le deuxième cercle. Elle est le résultat, pour partie de l'histoire. Le président n'a pas voulu couper de têtes en arrivant, mais écarter de l'action politique du groupe les freins potentiels. Tu me connais. Tu as toujours dit être admiratif quant à ma faculté de ne pas croiser les genres et de placer peu d'affect dans la relation de travail. Quelque part, tu as conforté cette disposition quasi naturelle qui est sans doute essentiellement innée ou comme tu as pu le dire souvent, le résultat de mon éducation luthérienne. Toutefois, lorsque ta situation a été étudiée, j'ai pesé dans le choix qui a été fait. Sans cela, tu n'appartenais pas au deuxième cercle, mais au troisième. J'ai fait valoir ton relationnel, ton dévouement, ta connaissance du groupe. Ces qualités, qui sont les tiennes, sont celles des affectifs, et comme tu le sais, elles sont abordées avec beaucoup de circonspection par les professionnels du recrutement et les manageurs de carrière, qui voient dans celles-ci le moyen de pallier le défaut de rigueur pour ceux qui les possèdent. Enfin, on craint des affectifs leur imprévisibilité dans les moments difficiles. Je suis de ces professionnels, mais nous avons fait une partie de chemin ensemble et je ne l'avais pas oublié. Le président a accepté de me suivre, mais avait exprimé des réserves. Aussi, dès lors que tu as « patouillé » dans ta mission, ta position est devenue très délicate, celle du directeur général aussi, qui répondait de ton action. Celui-ci a commencé à noter, avec soin et précision, tes erreurs, tes oublis, tes bévues. Il s'est fait aider en cela par... Duras, qui s'est d'abord plaint qu'il ne disposait pas avec toi des moyens d'assurer ses fonctions. En Comex, le président a commencé à s'agacer ouvertement. Je ne pouvais qu'observer comme tous la difficulté dans laquelle tu mettais les premiers acteurs du groupe. Par ailleurs, lorsque la direction financière a sollicité les cadres pour un achat massif d'actions de DVC, tu n'as pas répondu à l'appel. Je m'en étais étonné auprès de toi, cela t'aurait sans doute un peu préservé. Tu m'avais dit que les frais de succession d'une parente t'avaient démuni et que tu ne voulais pas te lancer dans l'emprunt, bien qu'avantageux, proposé par notre banque pour l'achat d'actions DVC. J'ai communiqué au président, à sa demande, la liste des souscriptions qui transitait par la DRH-MEI. Il a noté que tu n'avais pas répondu à l'appel du groupe qui en avait stratégiquement besoin. Il m'a regardé et dit : « Et de plus, il ne croit pas en l'avenir du groupe ! » Ton sort était scellé.

Jean l'interrompit :

– Et notre amitié, quel sort lui est-il réservé ?

– Notre amitié s'est nourrie de DVC, a été entretenue par nos échanges sur les challenges, les valeurs, les événements qu'a traversés DVC, et pas d'autres choses. Je peux t'apparaître froid et peu capable de grands sentiments. Simplement, je suis honnête : honnête envers DVC et honnête envers toi. Notre amitié n'a pas d'autre cadre que DVC, en sortant de DVC, elle ne trouvera pas de quoi survivre. Je suis désolé pour ce qui t'advient. Je ne comprends pas ce qui t'est arrivé. Es-tu parvenu au bout de tes limites ? Tu t'es peut-être épuisé à vivre ta vie professionnelle de manière trop entière, voire passionnelle. Il est certain que tu as beaucoup changé. Nous avons tous été intrigués par la curieuse aberration de certains de tes comportements, comme tes absences en réunion aux moments cruciaux de la discussion, tes méprises et incohérences lors d'échanges en réunion, laissant à penser que tu étais dans un processus de grave dépression. Ainsi, tu as dit, agacé, lors d'un déjeuner, que Barthes, le directeur de la branche Asie, qui t'avait mis en cause le matin, était un « bleu » ! Personne n'a compris. Un autre jour, lorsque nous étions ensemble, tu m'as appelé dans un moment d'abattement physique manifeste Tinténiac et parlé de choses incompréhensibles, de chefs de division ou de compagnie, de Jersey. Enfin, lors d'un séminaire en anglais qui réunissait les commerciaux de la branche Europe à Dublin, quand nous évoquions nos nouveaux locaux, avenue Hoche, tu as sorti une phrase de nulle part : « Mister Hoche and his propagandists should attack Jersey ». Jean, dans les moments de grande fatigue, on peut perdre le gouvernement de soi, mais j'avoue que ces dérapages, dont je ne vois pas la cause, m'inquiètent pour toi. J'ai eu le sentiment qu'un travail souterrain te minait et attaquait tes facultés. Je crois, Jean, t'avoir tout dit. Il est préférable pour toi, comme pour moi, de mettre un terme à une relation à laquelle j'ai donné du prix, mais qui perd de son sens aujourd'hui. Je suis sans doute à tes yeux très brutal, mais tout à fait conséquent en m'exprimant de la sorte. Voilà, Pierre, bonne chance. C'est peut-être l'occasion de changer de vie et de rompre avec le passé. Prends ta liberté, monte un cabinet. Tu es un bon juriste.

Jean ne trouvait rien à dire. Que dire ? Le long propos de Pierre, interrompu par la seule question de Jean à propos de leur amitié, comme toujours était complet, structuré, pertinent, clair, évident, juste. C'est la part du propos de Pierre qui visait les moments de délire qu'il avait relevé chez lui et qu'il n'avait pas, lui, en mémoire, qui occupait son esprit. Pierre évoquait avec délicatesse ce que d'autres auraient baptisé moments de folie.

Pierre quitta Jean, définitivement.
C'est à partir de cet instant que la vie de Jean commença à basculer.

Chapitre V

L'UNIVERS HORS DE LA PLANÈTE DVC

Jean prit machinalement la rue du Faubourg-Saint-Honoré, à deux pas du Crillon, dans la direction de la place Royale. Il l'empruntait souvent, dans ce sens, à pied comme en voiture, soit pour rejoindre des partenaires qu'il invitait à déjeuner au Cercle républicain, ou pour se rendre au restaurant Le Dauphin, pour un tête-à-tête méridien, avec Maud ou avec un ami de jeunesse et confident occasionnel, Xavier Duplessis, qui travaillait au Conseil d'État, à un jet de pierre de cet endroit bourgeois et confortable. C'est dans cette rue qu'il fit sa première rencontre avec le phénomène qui allait l'habiter.

En la fréquentant régulièrement, il ne pouvait pas ne pas voir, puis remarquer, les devantures des commerces. Un soir de mai 2001, il s'était arrêté un peu après l'église Saint-Roch, devant une des boutiques de bijoux anciens et, attiré par une chevalière armoriée bien en vue dans la vitrine, il fut spontanément troublé. Cette chevalière lui semblait familière. Il l'avait tout au moins déjà vue. Elle était très ancienne. Il rentra dans la boutique. Il en demanda le prix et à quelle famille se rattachait le blason. Le vendeur qui disait ne pas connaître son origine en demandait un prix exorbitant. Il l'avait pris dans sa main. Il l'essaya. Quand il l'a passa au doigt, il fut comme pris d'un léger vertige. En l'inspectant, il remarqua qu'une inscription était gravée à l'intérieur de l'anneau : *RM D for C.L EK-PG, Westminster, feb. 1793.* C'était donc un bijou anglais. Le blason représentait une tête de sanglier gravée sur une agate.

Jean s'arrêta machinalement à la hauteur de cette boutique. Sa propriétaire remontait à cet instant le rideau métallique. La bague n'était plus là depuis longtemps, mais il lui vint l'idée d'y rentrer pour demander si elle avait été vendue. Malgré son prix, il était prêt aujourd'hui à l'acheter : dans des moments aussi difficiles, il avait envie de se faire plaisir. La commerçante ne se souvenait pas de cette chevalière, malgré la description que lui en fit Jean. Elle ne lui disait rien. Elle paraissait même sûre d'elle…

Les jours suivants, Jean avait maintenu l'heure de son départ du domicile. Il vivait ses premières minutes en voiture comme par le passé et, au fur à mesure du trajet qui l'amenait à un parking public, près de chez DVC, l'angoisse que lui imposait sa situation montait. Il lui fallait réagir et trouver le moyen de s'apaiser. Il lui fallait retrouver rapidement une place dans un groupe. Dans un groupe concurrent, oui, peut-être ? Il ne bénéficiait pas d'une formule d'*outplacement*. Il lui fallait démarcher seul et sans appuis. Il lui vint l'idée d'appeler son ancien coach.

DVC avait mandaté des « mentors » internes pour accompagner les cadres dans les efforts que leur imposait le changement et fait appel à des coaches extérieurs pour aider les cadres dirigeants à se situer ou à se réinsérer avec pertinence et assurance dans le cadre des restructurations majeures du groupe. Ces coaches travaillaient en *free lance* avec le cabinet Kellermann. Celui de Jean avait son bureau dans le quartier des grands magasins. Jean s'y rendait une fois par mois. Le prochain rendez-vous arrivait à échéance et il n'avait pas été remis en cause par Jean. Il prit l'initiative de s'y rendre. Patrick Sullivan, Pat pour les habitués, était déjà en rendez-vous quand il sonna chez lui et que son assistante lui ouvrit. Carole Metzger, qui tenait l'agenda de son ex-patron, avait annulé le rendez-vous. Néanmoins, l'assistante du coach, qui connaissait un peu Jean, n'osa pas le renvoyer et lui proposa d'attendre que Patrick Sullivan se libère. Il était déjà là depuis une heure avec son client et sa prestation couvrait une heure trente.

Pat Sullivan, la cinquantaine enveloppée, la barbe fournie et broussailleuse, le cheveu rare, affichait un charisme tout irlandais qui sied bien au rôle qu'il s'était donné. Il était confortable. Tenu à l'écoute, il mettait le sujet en confiance et sa prévenance virile favorisait l'expression, les confidences, le retour sur soi. Il trouvait les bons points d'attaque pour amener ses clients à prendre conscience de leur situation, de leur dispositions mentales, de leurs moyens, de leurs difficultés, de leurs handicaps, de leur mesure et de l'impact de leur action dans un contexte donné, de leurs forces, de leurs limites. Sa bonne humeur plaçait les échanges dans un cadre positif. Jean le trouvait particulièrement pertinent, même s'il amenait son client à tirer seul les conclusions de l'exercice.

Pat Sullivan, ancien enseignant en français à Trinity College, avait quitté Dublin, devenu trop juste à son pied, pour Paris. En sus de l'amour de la langue française, une histoire de femmes figurait dans la liste des motifs de sa traversée pour le continent. Il avait commencé son aventure en France dans le domaine de la formation, plus précisément du perfectionnement des adultes en anglais et son lot de contrats avec les entreprises sur ce créneau : cours en inter et en intra, cours par téléphone, plans d'immersion... Il était alors salarié d'un institut. Son souci d'indépendance et sa nature d'aventurier l'avait amené à faire cavalier seul. Il était devenu travailleur indépendant et intervenait pour le compte de grosses sociétés de formation en entreprise, comme la Cegos. Après avoir couru, un moment, de stages en épanouissement personnel en stages d'affirmation de soi, sur fond d'écoute active et de jeux de rôle, il avait ensuite enfourché le nouveau cheval gagnant en entreprise : le coaching, une discipline en cours de définition, composite et souple, entrelaçant et mélangeant développement personnel, programmation neurolinguistique « reprogrammée » et *Team Building*. Cette discipline aux techniques disparates, plébiscitée par bon nombre d'entreprises, vise l'optimisation des atouts humains et professionnels d'un manager pour un meilleur exercice de ses responsabilités en entreprise. Pour Pat Sullivan, le coaching, c'était, avant tout, un « *reengineering* des mentalités ». Il s'était affirmé publiquement en s'exprimant sur le sujet et sa pratique, lors des premières Assises du coaching, début octobre, et avait participé à l'organisation de nouvelles journées en novembre. Il facturait sa journée de prestation via le cabinet de conseil Kellermann qui lui assurait le label auprès des clients, deux mille cinq cents euros, ce qui faisait de lui un prestataire enthousiaste. Baroudeur, il sentait les choses. C'était un marieur de carpes et de lapins. Il mariait la sincérité au calcul, il flattait souvent, il giflait parfois. C'était un séducteur, un manipulateur aussi.

Jean attendait dans la petite salle d'attente, voisine du bureau de Patrick Sullivan. L'ensemble était, sur la plan phonique, assez mal isolé. Jean, à son grand étonnement, entendit la voix du directeur général de DVC. Jean ignorait qu'ils se partageaient tous les deux les services d'un même coach. Le directeur général avait du profiter du créneau libéré. Jean entendait malgré lui ses échanges avec « son » coach. Il fut surpris de l'expression soumise et un rien infantile du directeur général. Il compris surtout que son coach n'avait pas été neutre dans la part d'initiative visant son éviction, qui revenait au D.G.. Non pas que Patrick Sullivan l'ait préconisée. Dans ce genre d'exercice, le coach, respectueux des hommes et soucieux de faire valoir le côté éthique de la profession, ne se prononce pas mais amène le sujet à prendre conscience de sa difficulté, de l'endroit de sa difficulté, de la cause de sa difficulté et des moyens dont il dispose pour s'en sortir. En désincarnant les fonctions, en situant la difficulté en terme d'organisation sur l'organigramme de la société, on ne vise pas un homme, mais un poste. Mais en supprimant le poste, on supprime son titulaire. Nul doute que Pat Sullivan, qui connaissait sa position dans l'organigramme, ait vu s'accomplir une part de la mise en œuvre de son congédiement.

À l'instar des patients de certains cabinets médicaux, qui ne reviennent pas sur leurs pas mais sortent de la consultation par un passage dérobé, le directeur général sortit sans rencontrer Jean.

Pat Sullivan, que son assistante n'avait pu prévenir de la présence de Jean, sortit très rapidement de son bureau et eut du mal à cacher sa surprise et son trouble. Il avait chaud, il transpirait beaucoup et alla vite boire un verre d'eau dans une petite pièce de repli où il pouvait se mettre à son aise.

Il fit entrer Jean dans son bureau et ouvrit cinq minutes la fenêtre pour aérer les lieux. Le bruit de la rue était assez assourdissant et rendit le début de la conversation difficile. Cela donna à Patrick

Sullivan le temps de se reprendre. Il s'adressa à Jean dans ces termes :

– Ah ! Jean ! J'ai cherché à vous joindre, mais votre portable ne répond plus. Alors, ça y est. Vous avez quitté DVC. Je n'en suis pas vraiment surpris. Vous vous y attendiez sans doute. Dans ce type de réforme, on a toujours le tort d'avoir eu une position essentielle dans l'ancien système et les décideurs regardent devant et non derrière. Tout ce qui appartient au passé est suspect et propre à freiner le nouvel élan. Vous auriez sans doute perdu votre âme si vous étiez resté. Il est dur de se trouver rapidement étranger chez soi. C'est ce que vous auriez vécu. Avez-vous des projets ?

– Non et c'est ce qui m'amène ici. Nous nous sommes rencontrés pendant quelques mois. Vous connaissez ma situation antérieure. Vous pouvez sans doute m'aider à voir clair et à trouver rapidement le moyen de repartir. Vous travaillez avec le cabinet Kellermann et son équipe de chasseurs de têtes…

– Oui je comprends bien. Enfin… Kellermann a passé des contrats avec DVC et vous comprendrez que pour des raisons déontologiques et les circonstances qui vous amènent ici, il est très délicat de prendre en main votre situation. Il est clair que je ne peux plus me définir comme votre coach. La relation commerciale avec DVC n'autorise pas un pareil cas de figure. Aussi, n'est-ce pas, nous ne sommes pas en rendez-vous. Toutefois, je peux très directement, par empathie, et au nom de notre relation privilégiée passée, vous dire ce que je pourrais faire à votre place.

Après un moment de silence, il enchaîna :

– À cinquante-deux ans, issu d'un groupe où vous avez, pour ainsi dire, fait toute votre carrière sans en sortir, vous n'êtes aujourd'hui guère vendable. Vous n'êtes pas dans les fichiers des chasseurs de têtes pour les grands groupes. Sans vous appuyer sur un réseau, vous chercherez longtemps, vous descendrez au fur et à mesure du temps le niveau de vos offres de service et réduirez vos prétentions. Vous allez vous-même vous déprécier et le temps passant, vous n'intéresserez que les associations de bénévoles. Par contre, vous pouvez tirer parti de votre vécu, préconiser les bonnes pratiques que vous avez pu rencontrer en montant un cabinet de conseil aux entreprises. Renseignez-vous, vous disposez de fonds avec votre indemnité. Donnez-vous un peu de temps, mais pas trop !

Jean prit congé. Il ne pouvait attendre plus de cette dernière entrevue. Pat Sullivan lui disait, en clair, qu'il n'avait pour tout avenir possible que de faire du *consulting*.

Lui, Jean, savait ce que pouvait recouvrir, pour lui, cette perspective. Il en avait fait l'amère et cruelle expérience par personne chère interposée.

Jean avait un seul frère, son frère aîné, Michel. Celui-ci avait dû, lui aussi, quitter son entreprise. Pour des raisons économiques, ce spécialiste en organisation avait quitté son emploi salarié pour vivre sa spécialité et son métier en solitaire. Il était devenu ce que l'on appelle en jargon social « un solo ». Son départ avait été le fruit d'une transaction. Il touchait une indemnité de départ. Il était à son compte. Il aurait des commandes de l'entreprise, voire du groupe qui l'avait intégrée. Chacun y trouverait son compte : pas de charges de personnel pour l'entreprise, un meilleur prix des prestations que son pendant en salaire. Par ailleurs, Michel Courdavault n'avait pas le choix : c'était la liberté d'entreprendre où le licenciement économique. Celui-ci, à cinquante-cinq ans, ne se voyait pas au chômage et pensait garder le lien avec l'entreprise qui l'avait embauché à sa sortie d'université, après son DESS de gestion. Après quelques commandes, il n'eut pour seul client que lui-même pour faire face aux difficultés matérielles de son petit établissement (bureau, informatique, photocopieuse, fax, téléphone), puis, plus largement, de la maison : les traites, les impôts, les études de son fils... Il mit sa famille devant des choix difficiles. Il ne fit pas face aux pressions de toutes sortes. Il se pendit.

Les jours suivants, Jean circula en continu dans Paris, métro, autobus, trottoirs, à la recherche de l'inspiration, d'un déclic. On approchait à grands pas des fêtes de fin d'année. Il réalisait subitement comme était grande sa solitude. Il s'enfermait en gardant pour lui les événements par peur de leur retentissement : qu'allait-on penser de lui ? Comment allaient réagir femme et enfants ? Quelles solutions aux conséquences allait-il leur présenter ? Il n'avait pas, à proprement parler, d'amis à mettre dans la confidence, pour s'épancher et se trouver réconforté. Il sortait crûment de ce qui était son univers et soutenait son identité. Il avait pour monde, DVC, pour objet quotidien de ses pensées,

DVC, pour perspectives, DVC, pour toutes nourritures, DVC... En un moment, un seul, il avait été totalement déconnecté de ce qui était sa vie. Ces longs déplacements sans objet et sans but dans Paris faisaient de lui une éponge. Il absorbait sans fin les images qui se succédaient. Il s'emplissait du bruit qui lui parvenait. Il regardait un film. Il voyait Paris comme une ville étrangère où l'usage se répandait de cracher par terre, ce qui le hérissait au plus au point. La France avait changé de couleur. Il s'en rendait seulement compte. Il était frappé par le fourmillement de la capitale à toute heure et par l'exotisme des passants ! Lui qui haussait les épaules comme bien d'autres quand était abordées la question de l'immigration, la traitant de fausse question, et l'immigration en soi, de faux problème, voire du meilleur moyen de pallier la sous-natalité pour l'avenir économique du pays, pour nos retraites, était maintenant frappé par l'ampleur de l'invasion. Il voyait ces migrants marcher, déterminés, et affronter résolument leur pays d'accueil pour s'y faire une place. Il se sentait colonisé par un nombre extravagant de femmes d'ailleurs, enceintes et chargées d'enfants. Il réalisait ce que recouvrait ce phénomène, cette vague déferlante, et ses effets à court et long termes, il devenait incongru de parler d'intégration, il y avait plutôt tout lieu de craindre la submersion. Ce constat, il le voyait porteur de renversements et de régressions majeures de notre civilisation et de la perte de notre identité, d'affrontements de tous ordres pour toutes raisons, culturelles, religieuses et ethniques. Qu'était chacun de ces immigrés et que faisait-il dans son pays ou le pays qu'il avait quitté ? Était-il victime de persécutions religieuses ou raciales, fuyait-il la famine ou la justice de son pays ou de son dernier pays d'accueil ? Était-il un authentique réfugié politique ou un réfugié économique ? Quel avait été son chemin jusqu'ici ? Était-il un juste, une victime, aspirant à la paix, ou un criminel, véhicule de haine et porteur d'infamies ? Que visait-il : la liberté ou les droits sociaux ? Jean voyait ces foules surtout comme un facteur démographique propre à déséquilibrer nos mœurs et nos usages. Il voyait brusquement, face aux foules d'immigrés émaillées de foulards, l'ombre portée de l'islam, de ses extrémismes, de ses conquérants, menacer la lumière de l'Occident. L'avenir s'assombrissait à ses yeux. Ces considérations intimes l'angoissaient : il pensait à l'avenir de ses enfants.

Il se disait : « Qu'allons nous faire aujourd'hui de tous ces gens, que feront-ils de nous, demain ? »

Tout d'un coup, Jean se sentit un extra-terrestre dans ce monde qu'il croyait connaître, mais qu'il n'avait pas vu. Il avait été confortablement installé dans une vie professionnelle et une vie privée en osmose, mondaine, codée, cadrée par la norme de bienséance et de convenance, bercée par l'angélisme, au sein d'une société de prêt à penser, et donc en liberté conditionnelle.

∴

Jean en proie avec lui-même, ses angoisses et ses souvenirs, tentait de refaire le chemin de ses émotions. Il tentait de trier, puis de grouper celles-ci par époque, par nature et par intensité, sans vraiment parvenir à les démêler et à en freiner le défilé : la cour de récré où l'on incarnait pendant dix minutes le preux et vaillant chevalier ou Henri IV avec son panache blanc, ou encore d'autres figures emblématiques selon le programme d'histoire de France, la distribution des prix et l'arrivée en car à la ferme des grands-parents maternels pour les vacances d'été, l'appel du clocher à l'approche du village, les chaudes embrassades du grand-père qui vous soulevait de terre, les cabanes dans les arbres, les ballades en vélo, le foin, les blés et la moisson, les petits veaux, les petits chats, le grenier, sa sinistre malle noire qu'il abhorrait et ressentait comme un petit cercueil, la tournée des bals, puis des boîtes quelques années plus tard, le premier enterrement et le décès d'un camarade, le premier flirt, le mariage, les enfants, le départ du grand frère...

Un fait ancien, enfoui dans sa mémoire qu'il s'était mise à remuer, revint à la surface de son esprit. Une grand-tante célibataire, Mathilde Courdavault, très âgée et mal en point, qui le savait attaché à l'histoire, à sa famille et aux choses du passé, lui avait remis, alors qu'il était venu l'embrasser, il y avait de cela plus de dix ans, un lot de vieux papiers dans un sac de toile cirée, un cabas. Elle lui avait aussi remis deux portraits en médaillon. Il se souvenait qu'elle lui avait dit que tout cela lui revenait, qu'elle était sûre de ne pas se tromper en lui remettant ces traces du passé.

On ne sait pas interpréter les caprices de la mémoire, mais tout à coup, ces papiers et ces médaillons, dont il ne savait plus ce qu'il en avait fait, vinrent le déranger, puis l'obséder.

L'obsédait aussi, bien sûr, et de manière bien plus torturante, la manière de sortir de la nasse dans laquelle il se trouvait. Il ne pouvait plus garder longtemps au secret le sort que DVC lui avait réservé. De toute façon, les choses allaient finir par se savoir et, sans doute, sans tarder. Il n'était pas dans ses habitudes, de cacher ses faiblesses. Il n'était pas de ceux qui fuient devant la difficulté et l'épreuve. Et puis, le soir, le regard souvent interrogateur de Maud était pour lui difficile à soutenir. Elle semblait préoccupée. Intuitive, sentait-elle quelque chose ? Devinait-elle quelque chose ? Savait-elle quelque chose qu'elle attendait qu'il lui révèle ?

La perspective de perturber, voire de gâcher, les fêtes de fin et de début d'année de sa famille, le rendait malade. Il était convenu que Noël se fasse à La Bellefondière et le nouvel an chez des amis, à Paris, rue Pomereu.

Malgré tout, il s'apprêtait à aborder la question, mais il ne savait comment, un certain soir, le 20 décembre. Il ne pouvait plus attendre. De plus, ces journées à errer devenaient interminables. Il faisait froid. Il devait souvent faire escale, là dans un café, ici au Carré des Antiquaires du Louvre ou en face, dans les galeries du musée, ou encore, dans les librairies. Et c'est bien après avoir quitté une librairie, la librairie Whismith, rue de Rivoli, qu'il se rendit au parc Vendôme, pour y prendre sa voiture et rentrer chez lui.

Il y était resté une vingtaine de minutes, feuilletant quelques ouvrages, dont un de William Bush, un auteur américain qu'il ne connaissait pas. Cet ouvrage, *Apaiser la terreur,* y décrit ce que fut la Révolution française. Il y est question du supplice de carmélites, de la substitution du verbe divin par « l'Être suprême » des philosophes, de la déchristianisation du très ancien royaume de France, de débordements hallucinants de haine, de violence et de crimes. Il parcourut l'ouvrage, saisit quelques paragraphes et releva au passage que de blanches carmélites, bientôt martyres, vont à l'échafaud en chantant le *Salve regina,* ce chant d'un autre temps, composé par le légat Adhémar de Monteil pour la première croisade. Cela ne l'indifféra pas et il s'en étonna. Une vendeuse, à qui il demanda si cet ouvrage avait sa traduction en français, lui rapporta que William Bush était un adepte de la pensée de Bernanos. Spontanément, Jean se souvint avoir aimé un livre de cet auteur, qu'il avait quelque part encore en livre de poche. Il se souvint l'avoir trouvé pertinent et bon visionnaire. Il y était question, à un endroit du livre, de risque terroriste et des vaines protections contre celui-ci, de matières nucléaires criminelles qui pouvaient être cachées sur soi. Ce souvenir lui apparaissait comme un signe précurseur d'une réalité aujourd'hui si proche. Quoique, en y réfléchissant davantage, s'agissait-il vraiment de Georges Bernanos qui ne concevait pas la vie sans Dieu et qui développa son œuvre, violemment pathétique, au cours de la première moitié du siècle dernier ? À cette époque, il ne devait pas être encore question des dangers des matières nucléaires ! Ou s'agissait-il plutôt de Daninos ? Pierre… Daninos ? Même époque ? Rien à voir, sinon la même terminaison… Il ne savait plus.

Il cherchait en pensée à se remémorer le thème et le contenu de cet ouvrage et où il l'avait rangé, sans y parvenir. Et cela l'agaçait beaucoup. Et puis, quelle que violence que ce soit, même évoquée dans un livre, celle-ci l'agressait et le mettait toujours un peu en rage. Étonnante nature qu'est la nôtre, l'évocation est propre à faire naître et nourrir l'émotion comme le fait qui en est porteur ; la pensée trouble, parfois, autant que le fait vécu.

Quand Jean rentra chez lui, il n'y avait personne. Seule Myosotis, sa chartreuse, une petite chatte gris-bleu aux yeux d'or, vint vers lui quand il ouvrit la porte. Maud n'était pas rentrée. Les enfants, non plus. Il était 20 heures. Il sentit une nouvelle fois venir la terrible migraine. Il mit le cap télévisé sur les informations de TF1. Il était question ce soir-là, entre autres faits divers, une fois de plus de sans-papiers qui occupaient une église. Le reportage à l'intérieur se voulait poignant, lui y voyait un outrage à ceux qui venaient s'y recueillir. Certains y étaient vautrés, l'un d'entre eux était assis en surplomb d'un prie-Dieu, les pieds en appui sur son accoudoir. Le ton amène et mièvre du commentaire l'insupporta.

Le témoin lumineux du répondeur du téléphone clignotait.

Il verrait tout à l'heure.

Pour le moment, il allait prendre deux ou trois cachets et s'étendre. S'assoupit-il ? Fit-il un cauchemar ? Il se battit toute la nuit et sortit au petit matin de son sommeil agité, perplexe. Il avait fait un terrible rêve. Mais non, c'était plus qu'un rêve. Il lui semblait qu'il l'avait vécu physiquement. Il en sortait ému aux larmes. Il était dans une petite église, une petite église qu'il reconnaissait, il s'y frottait avec une horde d'excités. Ces excités n'étaient pas du siècle. Ils s'exprimaient en français, mais patoisé, avec de profonds roulements des « r ». Il faisait nuit. Certains brandissaient des torches. Ils le prenaient à partie. Ils étaient armés de pioches et de pics. Ils frappaient à la volée les statues qu'ils jetaient à terre et tentaient d'arracher du mur un énorme crucifix de bois avec un pied de biche. Jean se jeta sur eux pour les en empêcher. Il était fou de rage. Alors qu'il en perçait un de sa fragile épée de cour, ils criaient : « C'est le ci-devant Marquis ! c'est le ci-devant Marquis ! »

Jean était très remué. Il réalisa soudain que la nuit était passée. Pas de femme, pas d'enfants.

Chapitre VI

OBJETS INANIMÉS, AVEZ-VOUS UNE ÂME ?

Le voyant du répondeur clignotait toujours. Il prit les messages. En fait, Maud, qui n'avait pu le joindre, lui laissait pour message que son père avait eu un malaise, que sa mère « paniquait » et qu'elle allait les rejoindre en Normandie avec les enfants qui se trouvaient en vacances et qui souhaitaient l'épauler.

Il appela spontanément La Bellefondière, d'où on ne répondit pas. Il appela Maud puis les enfants sur leurs téléphones portables respectifs, mais n'obtint que leurs messageries. Il était inquiet. Lui, précédemment si calme et si maître de lui, était depuis son éviction de DVD à tout moment stressé, anxieux, agité. Plus encore, il réprimait une agressivité qu'il ne se connaissait pas.

Si son réveil lui rapportait des souvenirs de grande violence, curieusement, sa migraine avait totalement disparu. Il s'étonnait aussi d'être à ce point touché par l'objet, quelque part religieux, de son rêve qu'il corrélait avec l'agacement qu'il avait eu lors des actualités de la veille, alors qu'il ne se préoccupait plus depuis longtemps de religion, même si sa belle famille était très impliquée dans le fait religieux et qu'il voisinait de ce fait quelques questions contemporaines qui s'y attachent.

Vers 11 heures, ce 21 décembre, il réussit enfin à joindre Maud. Son père était à Caen pour des examens d'usage en pareille circonstance. Il allait mieux. Il devait sortir d'observation le lendemain. Elle viendrait le chercher. Elle le ramènerait à La Bellefondière.

Les enfants resteraient avec leur grand-mère. Elle rentrerait à Paris. Elle comptait sur lui pour les emplettes de Noël. Ils reviendraient ensemble à La Bellefondière, l'après-midi du réveillon.

Il n'était pas tenu de s'astreindre aux heures de bureau. Il en profita pour rechercher le lot de vieux papiers qu'il avait maintenant en tête.

Jean et Maud demeuraient avenue Malesherbes, dans un immeuble haussmannien. En dépendance, leur appartement disposait d'une chambre de bonne située sous le toit, comme c'est souvent le cas. On y parvient par un escalier dérobé qui dessert les chambres et les appartements ayant une double entrée, dont une du côté de ce qui était l'office dans le passé. La chambre de bonne servait de débarras. Il y avait bien un lit ancien, haut et profond, mais c'était tout son mobilier. Jean eu l'idée de la revisiter, de l'explorer à nouveau dans le cadre de sa recherche. Il n'y était pas allé depuis longtemps.

En l'ouvrant, il remarqua que le couvre-lit de dentelle blanche semblait avoir été froissé récemment. Il pensa qu'Anne-Françoise pouvait y avoir amené son copain. Mais, il se refusait toujours d'imaginer la vie sentimentale de sa fille, écartant tout péché de voyeurisme. Aussi, il n'y pensa plus.

Curieusement, il n'eut pas à chercher. Il trouva tout de suite le cabas, les papiers et les miniatures en médaillon. Il trouva surprenant qu'il n'ait jamais pensé mettre ces médaillons ailleurs que dans ce sac. Il les prit et les inspecta. Il ne se souvenait pas s'y être intéressé jusqu'ici, mais ils lui semblaient pourtant aujourd'hui très familiers. Le premier, le plus grand, était un médaillon en or et la miniature était très fine, très nette, signée Vigée-Lebrun. Il s'étonnait de sa découverte bien tardive et bien surprenante. Il réalisait que c'était un objet de valeur. Elle représentait une toute jeune femme, aux grand yeux clairs, bleus, comme sa robe et le ruban de ses cheveux. Au dos, on pouvait l'ouvrir : il y trouva une petite mèche de cheveux et cela l'émut. Il regarda longuement ce beau visage jusqu'à s'en imprégner. Le second médaillon était en cuivre et la peinture sur ivoire représentait le buste d'un fier et amusant petit bonhomme, peut-être de cinq ans, en habit d'un rouge plutôt carmin, sous une perruque poudrée.

Il défit le lot de vieux papiers ficelé avec un ruban bleu de satin moiré et passé. Il fit un tri rapide de ces documents, il y avait un contrat de mariage de 1786, des parchemins portant pour titres : *Inductions de pièces et d'actes,* preuves servies en 1669 dans le cadre de la réformation de la noblesse, des récapitulatifs de droits, des quittances, des lettres de confirmation de noblesse, des lettres en anglais et en français, manifestement écrites d'une écriture fine et féminine, de la même main, entre 1792 et 1795, un certificat signé Choiseul daté du 12 décembre 1770 attestant la dignité de chevalier de Saint-Louis pour Charles-Louis Eudeno de Kerven, une recommandation de Mgr le comte d'Artois datée de mai 1773 pour M. d'Herissé, un de ses gardes du corps... Il parcourut les documents et s'arrêtait à chaque nom. Ces documents qui venaient de la famille de son père ne rapportaient aucun nom connu de sa généalogie, tracée depuis la fin du XVIIe. Il parcourut aussi le paquet de lettres à l'écriture délicate et féminine. Elles étaient signées « votre douce », suivi des initiales RM D, l'une d'entre elles, en français, évoquait la tristesse que lui inspirait le saccage des lieux de culte, leur destruction même, par tous ces sauvages, ces impies, et assurait son destinataire de sa compassion pour l'état de misère dans lequel ses gens avait mis la chapelle et surtout, la profanation de la crypte de la chapelle et les horreurs qui s'y étaient produites et qui lui avaient été rapportées. Elle était ponctuée de « mon bon » ou de « mon doux chevalier » et, comme les autres lettres, débordait de tendresse. Celle-là, écrite à Londres, était datée du 23 février 1793.

Curieuse coïncidence que l'événement de cette nuit, ce drôle de rêve et cette lettre qui semble lui répondre !

– Ces documents ont appartenu à une famille bretonne, à un aristocrate breton, avec un nom pareil ! voilà ce que se disait Jean.

Jean eut la curiosité d'aller voir dans sa bibliothèque un ouvrage qui réunit les noms de familles nobles présentes encore aujourd'hui : *Le Catalogue de la noblesse française,* de Régis Valette, que lui avait un jour donné son beau-père. Ces noms, Eudeno et Kerven, n'y figuraient pas. Il y avait Kerveno dans la liste des noms de lieu mais pas Kerven. Il y avait une famille Eudes mais pas d'Eudeno. Ayant mis le nez dans ses livres, il put lire, dans un ouvrage sur la Révolution en Bretagne, qu'alors que la révolution développait, après 1792, une politique anticléricale, bon nombre d'églises de Bretagne furent transformées en écuries ou détruites. Les tombeaux situés dans ces sanctuaires subirent les pires outrages, leur destruction ayant eu aussi, à l'occasion, pour objet, lorsqu'ils étaient en plomb ou en cuivre, d'en faire des balles. Ceux qui symbolisaient le pouvoir aristocratique étaient littéralement « attaqués » avec acharnement et colère, dit-on, par les révolutionnaires. Ainsi, à Nantes, ou à Tréguier, les sépultures des ducs, de Pierre de Dreux, de Jean de Monfort, de Jean II, Jean III, Jean IV et Jean V, furent saccagées. Les morceaux du tombeau de Jean V avaient même été jetés à la mer !

À cette évocation, il se sentait frémir de colère comme si cette lecture réveillait une douleur et une rage enfouies au fond de lui. Il était devenu bien sensible ! Et cela l'irritait aussi.

Pour se secouer, à la recherche d'un déclic ou d'un appui pour se projeter à nouveau dans la vie, il lui vint l'idée d'appeler Xavier Duplessis, son vieux copain qu'il n'avait pas vu depuis l'été. Ce n'était pas un ami, mais un bon copain à rencontrer de temps en temps.

Xavier Duplessis, cinquante ans, docteur d'État en droit public, ENA, promotion « droits de l'homme » (1981), célibataire, plutôt grand, toujours très élégant, voix chaude, diction parfaite, le verbe châtié, le discours à propos, bon narrateur, étonnant conteur, provocateur mondain, à l'analyse froide et pertinente, était doté d'un humour dont on ne savait vraiment ce qu'il servait, lorsqu'il parlait de sujets graves ou douloureux. Était-ce, ici, une distance de protection qu'il se donnait pour ne pas être atteint par le sujet traité et mieux le tenir ? Là, de l'autodérision, faisant de lui un objet observé qu'il décrivait et commentait ? Il se maîtrisait comme il maîtrisait son discours. Il était exceptionnellement brillant, il était chaleureux, mais rien ne semblait vraiment l'atteindre, ni les honneurs, ni la peine. Il était rapporteur au Conseil d'État. Il aurait dû, avec son ancienneté et son métier, être conseiller d'État. Mais, comme il disait, il « s'en tapait ». Il était toujours intéressant de l'écouter, bien que ses analyses, diagnostics ou pronostics, tant sur les sujets de société que sur les chances de réussite d'une idée, d'un projet, d'une démarche, étaient des fois très décapants et difficiles à entendre. Aussi, sa compagnie n'était pas toujours confortable.

Chapitre VII

XAVIER, ÉNARQUE ET IMPRÉCATEUR

Jean l'appela et spontanément Xavier Duplessis se montra heureux de son appel et de son invitation, qu'il accepta fort volontiers. Rendez-vous fut donné pour le lendemain au restaurant Le Dauphin pour ne pas rompre avec leur tradition. Fort heureusement, il se trouvait libre car il partait le surlendemain pour la Martinique, passer les fêtes avec une jeune amie antillaise. Xavier aimait ce type d'escapades exotiques au charme post-colonial. Il était né et avait vécu à Pondichery ses quinze premières années, et bien qu'il s'efforçait toujours de composer au mieux avec le présent, il en gardait un peu de nostalgie. Il y retournait de temps en temps, respirer ce parfum d'ancienne France.

Le lendemain, comme prévu, il se retrouvèrent à leur table habituelle. Ils étaient heureux de se revoir et ils le témoignaient ostensiblement. Il n'était pas besoin de réamorcer leur relation, même après quatre ou cinq mois. Chacun d'eux entrait de plain-pied dans la situation de l'autre. Dès les premières minutes, Jean mit Xavier au fait de la sienne. Xavier grimaça. Il n'attendit pas que le silence s'installe et alourdisse le moment. C'était quand même une bien mauvaise nouvelle et il mesurait l'effondrement moral qui pouvait affecter son vieux copain, prélude possible à l'effondrement matériel qui pouvait en résulter. Il s'adressa à Pierre comme un médecin peut accueillir un patient bien connu de lui et dérouté par un mal nouveau : attentif, amical et posant un train de questions. Toutefois, à leur seul énoncé, certaines rassurent le patient, d'autres l'inquiètent davantage.

– Jean, pour un mauvais coup, c'est un mauvais coup, mais dis-moi, comment le vis-tu ? Comment Maud a réagi ? Et tes beaux-parents ? Tu as une idée pour la suite ? As-tu déjà quelques pistes ? Mais, dis-moi, quelle a été l'attitude de Pierre Ménétier ?

– Je n'ai rien dit à Maud, ni à personne parmi mes proches d'ailleurs, sinon à toi. Je ne m'attendais pas à un coup pareil. Je n'ai rien vu venir. Certes, le contexte était particulier : difficultés financières du groupe, recompositions, restructurations, et la fonction que l'on m'a confiée, je pense aujourd'hui, mal arrimée à l'ensemble des structures et des organisations. En fait, ma mission était plus délicate qu'il ne semblait. Pierre ne m'a pas alerté et c'est ce qui me fait plus mal. Et c'est lui-même en tant que DRH qui m'a annoncé la décision du groupe de me virer.

– Lui as-tu demandé des explications, ensuite ?

– Nous nous sommes revus une seule fois au Crillon, le temps d'un petit déj. Il m'a mis les points sur les i. Il a été clair. Effectivement, je vois depuis pourquoi j'ai pris la porte ou plutôt pourquoi j'ai été dans le mur. Après coup, et avec sa vision des événements, je comprends. J'ai cumulé les erreurs d'appréciation, je n'ai pas eu la réactivité nécessaire, je n'ai cadré ni mes collaborateurs ni mes actions. J'ai été un vrai débutant ! Il est vrai, aussi, que je me sens souvent bizarre. J'ai moins la pêche depuis environ un an. J'aurais même des absences et parfois des attitudes aberrantes, comme si je sortais de mon sommeil en réunion...

– Il y a eu transaction. As-tu pu tirer matériellement ton épingle du jeu ?

– J'ai été viré quatre mois après les restructurations du groupe, qui étaient en chantier la dernière fois où nous nous sommes vus. Tous les nouveaux nommés ont du renégocier leur contrat. Les clauses nouvelles prévoyaient du plus et du moins. Le moins, pour moi, aujourd'hui, vise les indemnités et les critères de congédiement. En étant remercié seulement quatre mois après avoir signé pareil contrat, celui-ci ne m'accorde que dix-huit mois de salaire !

– Et Pierre, dans tout ça ?

– Pierre, je l'ai trouvé étonnamment froid. Il considère m'avoir aidé quand il l'a fallu. Il me renvoie implicitement à mon échec. Il m'a fait observer que notre relation avait comme cadre unique DVC, et qu'elle n'était pas fondée à survivre au-delà de DVC. Il a eu le mérite d'être clair et viril. Tu sais, toujours professionnel !

Xavier était souvent agacé que Jean encense Pierre, quand il en était question :

– Moi, je ne lui trouve aucun mérite. Il se conduit comme un salaud ! Et dis ! Comme DRH, le penses-tu innocent ? Moi, je ne le pense pas et une renégociation de contrat à la veille de se faire virer m'apparaît bien louche. À mon avis, ton Pierre, ce cynique, est certes un bon professionnel, mais surtout un bon tueur professionnel. Quel sal...

Après ce démarrage, il convenait de poser un peu. Ils passèrent à autre chose. Ils relevèrent quelques événements récents de l'actualité, les commentèrent. Jean faisait part de ses impressions, celles d'un homme sorti de son univers professionnel qui occupait tout son temps, mais qui le structurait et le préservait, projeté tout à coup dans un monde plus réel, plus cru, mobile, instable, destructurant et pour résumer, aujourd'hui hostile. Il évoquait son inquiétude au vu du phénomène d'immigration majeure qu'il réalisait. Il avouait que cette inquiétude commençait à l'obséder.

Xavier était maître dans la manière d'aborder les problèmes de société. Il les analysait en laborantin et non en sujet. Il dit en substance qu'il fallait apprivoiser l'inéluctable et non pas chercher à le contrarier, ce qui serait peine perdue et vaine attitude, à même de nous meurtrir. Voilà l'exposé professoral qu'il fit de façon impromptue, mi-sérieux, mi-amusé, sur un ton badin :

– Le temps passe, les hommes passent. Les sociétés bougent, se transforment et passent. Les civilisations ont succédé aux civilisations. Certaines s'épanouissaient ou régressaient sur une même période, sans se connaître et s'affronter car elles étaient distantes les unes des autres. À l'instar des accidents géologiques, certaines se sont effondrées. Quelques unes, parmi celles-ci, restent des mythes. Aujourd'hui, le globe s'est rétréci du seul fait des conditions rapides de transport, des moyens de communication. Le temps aussi s'est rétréci pour l'homme. Les migrations de biens et de personnes, les brassages en tout genre se sont accélérés. Les identités originelles sont malmenées par le choc des rencontres. Seules subsistent celles qui sont consignées dans des endroits inaccessibles. Par ailleurs, certaines communautés ne veulent pas se laisser saisir par les démons réformateurs, et veulent être elles aussi inaccessibles. Elle s'isolent d'abord et renforcent ensuite leur isolement. Se sentant de plus en plus menacées, elles défient le reste du monde et dénoncent des menaces pour leur identité : elles s'arment pour résister quand les communautés sont de taille modeste, pour conquérir si elles ont le nombre pour elles, cherchant à annihiler l'autre plutôt que de céder à ses vues.

En France, en Europe, nous sommes depuis longtemps dans l'incapacité d'intégrer ces immigrés de toutes nationalités, de toutes cultures. Par principe, le débat sur l'immigration a été confisqué. En France, pays des droits de l'homme, voyons... il ne saurait être question de discrimination envers les hommes, mais d'accueil et d'asile. Ne pouvant ou ne voulant pas intégrer la bulle nationale initiale et culturelle, les nouveaux arrivants grossissent les rangs de leurs communautés respectives en France. Avec le nombre et leur ténacité, ils imposeront bientôt à leur pays d'accueil, outre les moyens de leur existence, des droits à leur culture, quand la nôtre s'effacera. Ils exigeront des structures confessionnelles, des lieux de culte, des écoles confessionnelles. En attendant, des camps d'accueil de réfugiés se multiplieront et émailleront le territoire, qui seront autant de points d'ancrage et d'entrée pour les futurs immigrés. Voilà, c'est comme ça ! On ne pourra rien contre « ce programme ». Vois, pour l'islam, qui nous fait gamberger. Tout apparaît écrit. On se repaît de laïcité, ce bouclier de carton, pour cimenter musulmans, non musulmans. On mise sur la diversité des sensibilités de ceux-ci, et de leurs divisions, mais celles-ci n'auront de cesse de se mesurer, de s'affronter, de se singulariser et de se radicaliser : elles favoriseront désordres et exactions. Nous savons qu'une minorité agissante trouve sa liberté d'action, ses moyens et sa légitimité dans la passivité de la majorité. De plus, pour un musulman fondamentaliste et sans doute pour les autres aussi, le sol qu'il foule est terre d'Islam, une terre à défendre des infidèles. France, première fille de l'Église romaine, République une et indivisible, devenue terre d'Islam ! Alors, cette gesticulation pour dire halte au communautarisme, les discours sur les religions et l'État qui animent nos politiques alors qu'ils voient dans ces communautés des communautés d'électeurs à terme : soyons sérieux !

Et de continuer, après un temps d'arrêt, les yeux ailleurs, et un profond soupir :

– Le temps est très certainement venu de passer la main, d'être remplacés ! Quoi qu'il en soit, la suite ne nous appartient pas et ceux qui nous succèderont ne nous ressembleront pas. Ceux qui ne sont pas venus d'ailleurs ne savent plus ce qu'ils sont, ou plutôt ce que leur histoire aurait dû faire d'eux. Nos sociétés occidentales, nos vieux pays ont fait de nous des ventres mous. Ce sont de grandes entités commerciales. Nous n'avons pas de projet, sinon d'ouvrir de nouvelles parts de marché. Nous formons nos enfants à grand prix pour les expatrier, nous les exportons via les multinationales. Nous les faisons acteurs et victimes de la mondialisation. Nous les formatons selon les vœux du *trip* économique du moment... Nous nous séparons d'eux dès lors qu'ils sont enfin diplômés. Nous les privons de leurs bases identitaires, affectives, de leur famille pour un avenir de carton : « enfin, j'ai ma carte verte ! », voilà le passeport pour la vraie vie ! Les États occidentaux sont des monarchies où tous les clients sont rois, qu'ils soient bons ou mauvais, victimes ou assassins. Nous ne répondons pas à des aspirations élevées propres à tirer nos enfants vers le haut pour les faire tendre à un idéal d'absolu et les rapprocher de la plus belle image de l'homme qu'ils sauraient alors imaginer. Non, elles répondent aux rêves et à l'espoir par la norme. Elles ont attribué de la vertu à la qualité, la qualité des produits, la qualité des organisations, la qualité des projets socio-économiques, etc. La norme sociale est « Iso quelque chose ». Le « recto fournisseur » de nos pays ménage les pays clients, et le « verso client », les pays producteurs comme l'Arabie Saoudite par exemple, ou les Émirats, aux règles et aux mœurs d'un autre âge, pourvoyeurs de l'impôt qui arme nos assassins. Sur fond de concessions diplomatiques ou économiques, nos pays cèdent dans les faits à de sordides compromissions. Le besoin l'emporte sur la nécessité, le court terme sur l'avenir et l'oubli de son histoire sur l'impérieuse obligation morale fondée par les âges et le sacrifice des anciens. Ils ignorent ou réputent incongrue la défense de nos valeurs fondamentales et de notre tradition, produits de notre histoire et supports de notre identité. Ce n'est certes pas nouveau, mais nous sommes devenus plus mièvres que jamais. Nous nous voilons la face. Nous avons trouvé, pour contrebalancer notre avidité matérielle, sans doute par recherche inconsciente d'équilibre, son pendant, croit-on, en humanismes : en fait, en sensibleries. Nous sommes tombés dans les travers de l'idéologie et de l'angélisme. Nous sommes gourmands en repentances et n'avons pas fini de nous en repaître. Bientôt, allons-nous demander pardon aux Arabes d'avoir été repoussés par Philippe Le Bel à Poitiers !

Par ailleurs, aussi, tiens, par exemple, « une vie vaut une vie », postulat et précepte louables a priori, est devenu un de nos dogmes, et a mis à égalité la vie de l'assassin récidiviste au même niveau que celle de la victime, fut-elle un enfant, d'autant que la prison et l'opinion fera vite de l'assassin un prisonnier sans passé et la victime d'un système répressif qu'il conviendra de dénoncer ! À l'instar des personnages de ces contes cruels pour les petits, qui offrent leurs enfants à l'ogre pour ne pas être eux-mêmes dévorés et reculer cette échéance, nos sociétés, de concession en concession pour survivre sans se battre, sacrifient l'essentiel aux oppresseurs de tous bois et passent des contrats de dupes avec le diable !

Ce que disait Xavier était dans le fond plutôt désespérant. La solennité de sa prestation magistrale conférait aux termes de ce constat pessimiste, qu'il assénait plus qu'il ne les énumérait, un caractère pathétique. Toutefois, il s'amusait de son propos et de ses effets sur Jean comme s'il était dans un jeu de rôle dont le but serait de décontenancer son partenaire. Jean, qui confusément recherchait un apaisement quelconque et non une réponse à son anxiété par une telle surenchère, fronçait les sourcils et ne perçait pas la raison qui poussait Xavier à lui tenir pareil discours. Peut-être l'occasion de « se lâcher » auprès d'un bon copain, pensa-t-il. Quand on enfouit au fond de soi ce qui vous ronge, quand on s'oblige à un comportement académique et compassé en société, pour répondre au bon goût de l'époque qui ne vous accepte et ne vous reconnaît que si vous avez l'intelligence de vous auto-censurer, de maîtriser le bon usage du tabou, on saisit l'occasion d'une bonne rencontre, d'une oreille attentive et discrète, pour soulager sa frustration, pour partager un instant son angoisse.

Il ajouta :

– Pardonne-moi, tu me connais. j'ai un côté imprécateur. J'aime les effets grandiloquents, j'en rajoute un peu, quoique... Mais bon ! Quand je pense à tout ce chemin que la France a dû faire pour... jeter l'éponge !

– Comme tu y vas !, commenta brièvement Jean.

– Oh, et puis... tiens ! La laïcité... comme d'autres produits de la Révolution, a été imposée dans le sang. L'abandonner, c'est passer par pertes et profits son coût humain dans les comptes de notre histoire ! Par contre, ce principe, brandi comme un gage de bienvenue aux nouveaux arrivants, étrangers à notre culture, se retourne contre ce qui reste de notre propre tradition, à leur profit et à notre détriment. Vois, à Toronto, la ville la plus cosmopolite du Canada, où j'ai passé quelques jours début novembre chez un ami libanais de confession maronite, j'ai su par lui qui en était outré, que pour ne pas déplaire aux communautés non chrétiennes, la ville souhaitait rebaptiser les arbres de Noël « sapins des fêtes » ou « arbres de vie ». Cela ne te rappelle rien ? L'arbre à la gloire de l'Être suprême de la Révolution, le premier symbole de la laïcité !

Ils passèrent à d'autres sujets, mais revinrent, bien sûr, à la situation de Jean. Le manque de foi en son avenir, que manifestait implicitement Jean, irrita Xavier qui voulut le secouer. On ne rassure pas nécessairement en faisant peur. À la fin du repas, Xavier crut bon de mettre Jean en garde contre son défaitisme. Il dit ainsi :

– Jean, un homme sans projet n'a pas d'avenir. L'avenir, tu dois l'imaginer, tu dois l'émailler de buts, d'étapes, d'ambitions. L'imagination est le pourvoyeur de notre avenir, de nos buts, de nos stratégies. L'avenir, ça se visualise, ça se construit. L'avenir que l'on souhaite est une conquête, qui nécessite un vaste plan d'attaque. Attelle-toi à ce projet. Ne commence pas à lister les difficultés qui sont des barrières, des freins, des handicaps à tes projets. Choisis tes cibles et recense tes moyens. Regarde, lorsqu'il n'y a plus d'avenir, c'est la mort. Quand on ne peut plus avancer, on recule. En reculant, on ne voit pas ce qui vous attend, on recule en aveugle. Des fois, on chute et on touche le fond ou on s'y écrase, des fois, on redescend et s'arrête à un palier inférieur, on redescend comme redescendent de classe les élèves qui ne font plus face dans la classe où ils avaient été promus. C'est comme ça !

« C'est comme ça ! » résonnait en écho dans la tête de Jean. Xavier avait été éloquent. Toutefois, il lui mettait comme Pierre, quelque part, les points sur les i et son propos était un défi qu'il lui fallait relever : il sentait bien qu'il ne le ferait pas !

Ils se quittèrent. Xavier souhaita à Jean de passer de bonnes fêtes, malgré tout. Jean souhaita à Xavier de garder sa verve et de passer de bonnes vacances.

∴

Jean marcha un peu au hasard et parvint à un moment à la hauteur de l'immeuble des salles de ventes de Drouot. Il pleuvait. Il y entra, un peu pour s'abriter, un peu pour voir, un peu pour tuer le temps, tuer le temps... Il y avait cohue. Il monta au premier par le mince escalator. Les ouvertures sur les salles d'exposition sont larges, et en parvenant à l'étage, il fut saisi par un tableau qui lui faisait face et remplissait l'échancrure d'une des salles, la salle n° 1 pour être précis. C'était un de ces grands tableaux champêtres de la fin du XVIIIe, plutôt dans le genre anglais, façon Reynolds ou Gainsborough, et trois personnages en pied, un couple et devant, un enfant, l'homme en tenue de chasse tenant un fusil de la main gauche, portant l'autre main sur l'épaule de l'enfant dans un geste protecteur et affectueux, la femme en robe blanche avec des rubans bleus comme celui qui courait dans ses cheveux.

Ce tableau, il l'avait vu, il l'avait vu souvent, mais où ? Il avait été restauré sur le côté droit, cela faisait comme une cicatrice, comme si l'on avait maquillé une balafre. Cela lui dit spontanément quelque chose. Cette altération du tableau lui faisait mal. La rencontre avec ce tableau, pourtant attendrissant, fut immédiatement et curieusement pour Jean, d'une grande violence, comme s'il avait soudainement retrouvé, en se promenant, tout à coup, un être cher disparu, un fantôme. L'émotion qui l'étreignit fut si forte qu'il ne se sentit pas bien. En vue de la vente, les objets de la salle étaient exposés. Des objets divers, bijoux, montres et vaisselles anciennes, argenterie, étaient offerts à l'œil dans des vitrines de protection. Une des jeunes femmes préposées à la distribution des catalogues et à la présentation plus complète des articles, toute à son observation, s'aperçut de l'état de Jean, et le fit asseoir. C'était une fort belle jeune femme. Quand elle se pencha vers lui, dans le trouble et le brouillard qui l'étreignait, Jean crut voir la tête de la femme du tableau se pencher sur lui et il murmura :

– *Charlaine ?*

– *Pardon, vous dites ?...* répondit la jeune femme, qui pensait qu'il s'adressait à elle.

Celle-ci, soucieuse de le voir sortir de son malaise, lui tapota la main. Il sursauta et se reprit. Elle lui fit boire un peu d'eau. Il était blême. Il prit sur lui de bouger, sans doute inconsciemment, pour « faire bouger son sang et ses sens ». Elle s'inquiéta de savoir s'il lui fallait un médecin. Cinq minutes après cet incident, Jean se confondait en excuses et en remerciements. Ce malaise avait rapproché, spontanément et pour un court moment, deux êtres qui ne pouvaient, dans les instants qui suivirent, rester indifférents l'un à l'autre. Jean se déplaça dans la salle et scruta toutes les vitrines. Il fut à nouveau frappé de stupeur devant un lot d'argenterie. Il reconnaissait une cuillère à sucre. Celle-ci, ajourée, était finement ciselée et armoriée. Elle portait « d'or à une hure de sanglier aux défenses arrachées de sable ».

« C'est fou ! Ce sont les mêmes armes que sur la chevalière de la rue du Faubourg-Saint-Honoré ! Et cette cuillère, elle, je l'ai tenue en main ! Cette cuillère est à moi, ce tableau est à moi ! Tiens, mais cette tabatière aussi ! C'est fou, c'est fou ! fou, fou... » lui dictait sa pensée, presque à voix haute.

La rencontre avec ce tableau l'avait fait défaillir. Sortant difficilement de cet état, la découverte soudaine de ces objets qui s'adressaient à lui l'y replongeait. Ces événements troublants le renvoyaient ailleurs. Cet ailleurs des temps retirés semblait vouloir le rattraper et attaquer sa mémoire. Mais quelle mémoire ? Il éprouvait les plus grandes difficultés à se détacher de leur vision. Il en avait été spontanément pénétré. Il restait comme hypnotisé. Il continuait à vibrer de tous ses membres, à encaisser les effets de ces chocs en chaîne. Il ne trouvait plus ses forces. Il luttait pour ne pas chanceler. Il vivait cet instant comme de terribles retrouvailles. Il n'avait pu dominer physiquement son émotion, mais il s'efforçait de la chasser et cherchait à se reprendre au plus vite, comme toujours... En effet, Jean, pourtant homme de grande convivialité, d'agréable compagnie, se livrait peu, ne se livrait qu'exceptionnellement. Soucieux de maîtrise, homme retenu, il feignait la spontanéité et se contrôlait en continu, remarquablement, tout au moins avant qu'il ne soit gagné par ses fatigues et ses migraines des derniers mois. Depuis l'adolescence, il cherchait à faire barrage à sa grande sensibilité, qu'il vivait comme une fragilité et il se mettait, pour la masquer, constamment sous contrainte : la sienne. Dans cette salle d'exposition, en proie à cette singulière émotion, il réprimait autant qu'il pût un tremblement qui gênait sa diction, comme il réprimait d'ordinaire tout laisser-aller, mais ici sans vraiment y parvenir. Sa langue lui semblait collée au palais. Il ne trouvait plus sa salive.

Il demanda, au prix d'un grand effort, à la jeune femme qui le suivait du regard en souriant, quel était le montant de la mise à prix, le prix escompté et la provenance des objets. Elle lui répondit que pour les mises à prix, elles étaient dans la fourchette de quatre mille cinq cents euros à cinq mille euros pour le tableau, de mille à mille deux cents euros pour la cuillère à sucre en argent. Celle-ci était la réalisation d'un maître orfèvre à Lorient, Christophe Cordé, et datait de 1729. C'était une belle pièce mais on ne savait à quelle famille étaient les armes qui y figuraient. Quant à la tabatière, elle lui fit observer qu'elle était en or, signée de maître Govaers à Paris et datée de 1717, et qu'en conséquence, sa mise à prix serait de six mille à six mille deux cents euros, mais pour elle, les enchères iraient bien, bien plus loin ! Quant à la provenance des pièces, la déontologie de l'étude et l'éthique de la jeune femme n'autorisaient pas celle-ci à la dévoiler. Elle lui dit toutefois que les pièces citées provenaient d'une succession dans le Morbihan, qu'il lui semblait par ailleurs que, dans le cadre de cette succession, une grande propriété était en vente, du côté de Vannes, peut-être !

Jean prit congé. La jeune femme, un peu inquiète ou intriguée, lui demanda s'il se sentait mieux. S'il se sentait bien...

∴

Jean, toujours assujetti à ses étranges migraines qui semblaient systématiquement engendrer des moments d'absence comblés de rêves ou de délires étranges, observait qu'au fur et à mesure du temps, celles-ci baissaient en durée et en intensité. Elles le saisissaient, a priori sans préavis, violemment, d'un coup, mais en fait, à l'observation, elles étaient toujours induites par un phénomène, un élément déclencheur, un fait, une émotion particulière, une rencontre avec une pensée ou un objet. Il ne savait dire combien de temps la migraine l'étreignait, mais il n'en gardait plus le douloureux souvenir. Le coup de semonce de la douleur passé, amorce de la migraine honnie, il ne subissait plus la souffrance intense des débuts, et il entrait plus en « flottaison » que dans une douleur plus ou moins sourde. S'il ne s'appartenait plus pendant ces moments de petit comas, il n'en gardait cependant plus ensuite ce goût de gueule de bois, qui le poursuivait au début. Quand il en sortait, il se trouvait à chaque fois plus détaché du monde. Il en éprouvait presque un certain confort qui se dissipait alors qu'il se trouvait de nouveau entraîné dans le mouvement et le balancier de la vie, et curieusement, il ressentait comme un manque quand il en était longtemps privé.

Ce soir-là, Jean retrouva Maud dans les grands magasins, très proches du quartier Drouot. Elle le trouva absent. Lui, la suivait, effectivement, comme son ombre, sans être présent, ce qui irritait Maud, qui l'interrogeait de temps en temps sur ses choix de cadeaux. Puis, sortant de ses songes, du tableau, des vitrines de la salle des ventes, il remarqua sur Maud un carré Hermès qu'il ne lui connaissait pas. Non pas qu'il ait jamais été très attentif auparavant aux tenues de Maud, mais il fut surpris par ce carré, qu'il était certain de ne pas avoir vu jusqu'à ce moment.

– Tiens ! dit-il, je ne te connaissais pas ce foulard !

– Tu ne le connais pas ? Tu plaisantes !

– Non, c'est nouveau ?

Et sentant un léger trouble chez Maud, il renchérit :

– On te l'a offert ?

– C'est maman, mais tu sais bien, bon... C'était pour mes quarante-cinq ans... C'est vrai, tu n'y étais pas !

– Ta mère, tu plaisantes ! Enfin, bon, si tu le dis, pourquoi pas !

Puis il ne fut plus question de rien.

Chapitre VIII

SIGNAUX D'APPEL

Le surlendemain, nous étions à la veille de Noël, jour du réveillon. Maud et Jean arrivèrent comme convenu à La Bellefondière, en milieu d'après-midi. Les enfants étaient affaissés dans des fauteuils profonds en proie à leurs lectures respectives, indifférents aux passages. Stanislas avait le nez plongé dans des bandes dessinées, Anne-Françoise, elle, avait dégoté un ouvrage d'approches philosophiques qui paraissait l'inspirer : *Nous, qui désirons sans fin,* de Raoul Vaneigem. La famille était au grand complet et La Bellefondière était animée de toute part : ballet des arrivées et des embrassades, tours de sapin, allers et venues dans la cuisine, remue-ménage à l'étage. Le frère de Maud, Nicolas, célibataire et seul ce soir, ses sœurs, Isabelle, Diane et Ingrid, accompagnées de leurs maris et de leurs enfants, tous dans la fourchette de huit à douze ans, leurs grands-parents, plutôt débordés, étaient tous là, et les Ansseaume d'Anrémont, Hubert et Mireille, née du Saillant, amie de Maud et ex-de Danzac, qui avaient été conviés pour des raisons x ou y, étaient aussi présents. La soirée avait été agréable. D'ordinaire dans leur coin à ronchonner, Anne-Françoise et Stanislas s'étaient montrés de fort bonne humeur et attentifs à tous. Inspirée par sa lecture récente, Anne-Françoise, qui était en première année à Sup de Co, cita pour la commenter une des maximes de ce livre qu'elle avait en main et qui l'interpellait :

« *Le* stade parasitaire de l'économie est atteint lorsque la valeur d'usage tend vers zéro et la valeur d'échange vers l'absolu. »

Chacun cherchait un exemple pour comprendre cette maxime,

l'assimiler ou la dénoncer, ce qui conduisit les parties prenantes de la réflexion en conjectures. Elle ne renonça pas à citer cet ouvrage. Elle remit le groupe en fonctionnement sur un autre passage. Jean l'entendit comme un commentaire sur son histoire et sa situation :

– *La séparation entre l'économie et la vie s'exprime lisiblement dans le non-sens que le discours bureaucratique revêt en regard du langage des désirs. L'empire de l'abstraction est l'empire de la valeur d'échange accrue aux dépens de la valeur d'usage. Quand le travail abstrait l'homme de ses désirs, une relation concrète continue d'unir le travailleur et la fonction qui l'aliène. Lorsque la courbe variable des marchés décide du sort d'un métallurgiste ou d'un étudiant, une distance si considérable s'établit entre la cause et l'effet que l'aliénation semble révéler d'un hasard capricieux ou d'une inaccessible nécessité plutôt que d'un chaos aux ordres d'intérêts bureaucratiques. Comme un despote décidait jadis, par un ukase de quelques lignes, de la déportation d'un peuple entier, un plan d'assainissement budgétaire, préconisé « au plus haut niveau » et dans une protestation d'intérêt public, jette en un seul chiffre cinq cents, mille, cinquante mille personnes sur le pavé et le dénuement...*

Naturellement et confusément, Jean était sensible aux signes. Par superstition peut-être, il considérait qu'ils nous étaient adressés quand on les percevait. Il convenait de les prendre en compte, et non de les ignorer. Nombreux étaient ceux qui lui étaient adressés, mais qu'il ne saisissait pas. Toutefois, la tirade d'Anne-Françoise, ce postulat qui avait apostrophé la fille, mettait le père face à une part de son passé et de son action qu'il n'avait jamais prise en compte. Il avait, de façon conjointe, dans l'anonymat et le confort d'un collectif, pris des décisions telles qu'évoquées, au nom des lois économiques, des lois du marché, de l'intérêt premier de l'entreprise, du groupe, de DVC, de ses actionnaires. Il avait, avec ses collègues du *staff* de DVC, sacrifié des pans d'activité, certes improductifs financièrement, à tout le moins temporairement, mais qui faisaient vivre matériellement et intérieurement des ouvriers attachés à leur famille et à leur métier. Ces décisions avaient sauvé la mise de DVC et condamné à l'infortune une part des troupes qu'il avait su mobiliser. Cela lui apparaissait soudain correspondre aux méthodes cruelles et barbares des tyrans, qui sacrifient sciemment une part de leur armée pour leurrer l'adversaire et le prendre à revers. Et lui, par cette analogie, avait été quelque part capitaine ou général d'un corps d'armée sacrifié que l'on faisait périr au nom de la stratégie et d'une victoire hypothétique. Mais c'était lui donner la part trop belle. Non, il avait été jeté comme un rouage grippé qui freinait la machinerie... Pour une fois qu'Anne-Françoise se préoccupait de son entourage, celui-ci lui avait concédé attention, quoique l'objet de son propos n'était pas vraiment récréatif mais plutôt ardu pour un réveillon de Noël ! Quelqu'un dit gentiment :

– On ne va pas parler politique à Noël !

La soirée fut longue et les échanges de tous ordres, nombreux. C'était à chacun son tour de parler de ses attentes, de ses joies, de ses plaisirs, de ses interrogations sur le monde, et d'essayer de les faire partager. Aussi, Nicolas, l'unique fils du comte, l'héritier, le prochain chef du nom et d'armes, le futur comte de Cournon, voulut-il parler de lui et de la dimension nouvelle sur laquelle il allait dorénavant traverser ses prochains âges. Il en parla sans faire référence à un événement déterminant pour lui, quoiqu'il brûlait de le laisser entendre. Il avait été initié. Il était apprenti franc-maçon. Il ne pouvait le dire. Cela ne se dit pas et l'assemblée ne l'aurait pas accepté. Son père avait été quelque peu maurrassien dans sa prime jeunesse, et c'est un sentiment de fort patriotisme et le refus du joug allemand qui ne l'avait pas fait vichyste. Il voyait chez les francs-maçons, sinon des agents du diable, du moins des affairistes de la morale. Nicolas le savait et faisait, en conséquence, emprunter quelques détours à son propos. Il disait que depuis peu, il appréhendait mieux la vie dans ce qu'elle avait de plus profond. Il parlait de spiritualité, de la nature cosmogonique de l'homme, ce qui ne disait pas grand-chose à l'auditoire. Il disait qu'il fallait mourir à un état, pour naître à un autre, que c'était une loi et une nécessité, et qu'il la comprenait. L'assemblée, qui s'était un peu chauffée avec les vins et la chaleureuse atmosphère, n'accrochait pas son discours, et fit bon accueil à celui de Stanislas.

Stanislas, lui, aimait à s'immerger mentalement dans des mondes irrationnels, ceux des films fantastiques et des bandes dessinées des mêmes registres. Il entreprit un exposé impromptu qui, en raison du ton employé, pouvait laisser à penser qu'il y croyait et qu'il était le premier convaincu de son prêche. Pour lui, disait-il, mais aussi pour des intellectuels, des scientifiques, qui défendent cette hypothèse, des mondes vivent en parallèle dans le prisme des temps, des mondes concentriques et il pourrait bien y avoir des fenêtres entre ces mondes, ce qui expliquerait des phénomènes irrationnels et incompréhensibles, des disparitions, des apparitions, des rémanences, et la rencontre dans le temps de grands initiés qui ont percé une part du mystère, comme le comte de Saint-Germain, ou, pensait-il, aussi Jules Verne. Il y mêla Jésus, la table sentait la conversation s'approcher du blasphème, ce qui fut de nature à éteindre les commentaires qui s'en étaient suivis. On avait entendu un peu de tout, mais beaucoup de n'importe quoi ! Toutefois, là aussi, Jean, que le sérieux interdisait d'approcher les sciences inexactes, n'était pas insensible aux thèses ébauchées par son fils dans la confusion du thème et de son âge. Il y avait là, ce soir, il le sentait, dans tout ce qui s'était dit, une myriade de signes qui lui étaient destinés.

La nuit avançant, la table se vidait par étapes, d'abord les petits, après la remise des cadeaux, puis les grands-parents et les plus amoureux ou les plus pressés, que la fête avait chauffés. Il n'y avait pas eu d'incidents, quelques piques échangées quand même, plus ou moins comprises par certains, d'une part, entre Maud et ses sœurs qui l'avaient rebaptisée « la Tourangelle », sans doute à cause de l'héritage de Maud, et d'autre part, entre Mireille et Maud : il semblait, pour ces dernières, que Danzac n'y était pas étranger, à voir l'air pincé de Hubert d'Anrémont. Par ailleurs, Jean surprit la mère de Maud dire à sa fille, au moment des embrassades et des souhaits de bonne nuit :

– Tiens, Maud ! Tu as un nouvel Hermès, tu l'as eu pour… Maud lui avait alors coupé la parole pour faire diversion.

S'approchant de sa belle-mère pour sacrifier à son tour au rituel du « bonsoir », il fut étonné que celle-ci, sur un ton agacé, lui dise :

– Oh ! Vous…

Quelle mouche l'avait donc piquée ! Il n'en fut toutefois pas fâché. Il ne courait pas après la bise de Madame…

Restèrent, presque jusqu'au bout de la nuit, près de la cheminée, Maud qui réprimait difficilement des bâillements, Mireille qui s'efforçait d'écarquiller ses yeux mi-clos, Jean et Hubert, qui ne se connaissaient pas et qui trouvèrent là le moyen de se découvrir.

Hubert d'Anrémont avait connu Mireille enfant. Ils étaient d'ailleurs apparentés, quoi que cela remontât à très loin. Mireille, disait-il, avait toujours été « à croquer », ce qui fit sourire Maud. Au sortir de l'adolescence, ils avaient un peu flirté. Leurs familles s'entendaient bien et les voyaient bien ensemble, mais ils étaient jeunes. Lui, était parti en Afrique en coopération au titre de son service militaire quand elle connut Danzac, rebaptisé par ses soins : « Moi je ». Il fut, dit-il, ulcéré quand il apprit leur liaison, puis leur mariage. Sans cette « affaire », rajoutait-il, il l'aurait quand même détesté. Pour lui, « Moi je », était un parasite, un voyou cynique qui se jouait des cœurs et de la générosité de ceux qui l'écoutaient et le recevaient, pour en tirer moqueries ou parti matériel. Maud fronça le nez. Hubert se reprit et dit :

– Ah oui ! C'est vrai, vous le fréquentez...

– Pas moi, répondit sèchement Jean. On quitta Danzac pour l'établissement des origines et des avoirs actuels de la famille d'Hubert.

Les Ansseaume d'Anrémont, originaires du Poitou, qui portaient aujourd'hui d'autres armes qu'à l'origine, « d'argent à six tourteaux d'azur posés trois et trois en pal », remontaient à la fin du XIVe siècle. Le père d'Hubert était marquis, ce qui plaisait beaucoup à Mireille. Elle aimait plus ce titre qu'un autre. Pourquoi ? Peut-être à cause de la référence faite par la tradition familiale à une parente, mais collatérale, d'ailleurs commune aux deux époux, éminence de la littérature du siècle des lumières, fine pointe de l'esprit français, amie de Voltaire, la fameuse Mme du Deffand, qui avait été une femme hors du commun et une marquise célèbre. C'est ainsi, rappelaient ce soir-là les deux époux, manifestement séduits par la puissante nature de leur parente, qu'à soixante-dix ans, cette femme, au verbe redoutable, exceptionnellement sûre d'elle du début jusqu'à la fin de sa vie, était tombée follement amoureuse d'Horace Walpole, cet homme de lettre anglais. Elle l'aimait à distance d'un amour d'adolescente, passionné et désespéré. Elle, âgée, grave et mélancolique, peu tendre avec le monde des salons qu'elle se plaisait à dresser, brûlait comme une jouvencelle pour un gentilhomme qui ne courtisait même pas les plus jolies jeunes femmes et qui, disait-on, en son temps, comme on a pu le dire plus tard pour le bon roi Louis XVI et l'incertain Louis XVIII, son frère, se sentait étranger au sexe. Selon eux, les contemporains de Walpole le prétendaient même encore puceau au couchant de sa vie ! Sur ces propos plus ou moins heureux, les d'Anrémont parlèrent de leur campagne, près de Vannes, voisine d'une superbe propriété très, très ancienne, mais hélas totalement délabrée, toit dévasté, fenêtres arrachées, qui était en vente. Selon eux, celle-ci devrait intéresser un promoteur qui pourrait lotir ce superbe endroit, qui surplombe la mer face à l'île d'Irus. Celui-ci ne manquerait pas de démolir cette antique bâtisse. Et cette délicate chapelle à la limite de leur parc, qu'allait-elle devenir entre des mains impies ? Cette perspective les désenchantait. Ils allèrent se coucher sur cette note bien triste.

Jean se trouvait à nouveau troublé : Horace Walpole, l'ouvrage du Grosvenor Hotel, la dédicace, cette propriété en vente. Enfin, se dit-il pour ne pas tomber dans les travers d'une imagination abusive, il s'en vend toujours des propriétés de ce type, on en compte énormément…

Il ne parvint pas à s'endormir. Couchée près de lui, Maud s'était rapidement assoupie. Elle faisait une moue satisfaite, un demi-sourire. A priori, rien ne s'était passé ces derniers temps dans leur vie commune qui soit de nature à la combler, à l'épanouir : sans doute faisait-elle un rêve agréable… Elle avait un sein qui sortait de l'échancrure de sa chemise de nuit. Il en fut ému, mais respecta son sommeil. Il s'enfonça, cette courte nuit de Noël, dans le dédale des événements, pensées, interpellations, appels et fuites, qui s'enchevêtraient et bousculaient sa vie.

Rentrés à Paris, Paul ne pouvait plus garder davantage son secret pour lui seul. Il se résolut un soir de tout dire à Maud, dont il trahissait la confiance. Peut-être trouverait-il alors la volonté de rebondir. La réaction de Maud serait peut-être positive, à tout le moins salutaire, et ce coup du sort les rapprocherait.

Ce fut fait, nous étions le 28 décembre, à trois jours du nouvel an. Jean avait convié Maud, qui avait des courses à faire dans le quartier, ce devait être à la Fnac, à la Brasserie Lorraine, place des Ternes, pour déjeuner en tête à tête. Il lui prit la main et lui dit tout. Elle ne répondit pas. Elle avait un petit rictus. Cela ne pouvait exprimer un petit plaisir cynique, mais cela ressemblait à cela. Sollicitant un mot, une réaction quelconque de sa part, elle mit du temps pour s'y résoudre. Elle savait tout. Elle avait appelé à son bureau, il y avait de cela huit jours. L'appel avait été renvoyé au standard. La standardiste, très sèchement lui avait dit :

– M. Courdavault ne fait plus partie du groupe DVC...

Interdite, elle avait surenchéri :

– Ce n'est pas possible, vous faites erreur...

– Non, Madame, avait-elle eu pour toute réponse...

Elle avait alors demandé le poste de Pierre Ménétier. Celui-ci n'était pas disponible. Elle prit la résolution de venir à l'accueil de DVC et de se faire annoncer pour lui forcer la main. Elle s'y était rendue vers 17 heures ce jour-là. Il est alors descendu. Il lui proposa d'aller prendre un verre à la brasserie la plus proche, avenue de Wagram. Pierre Ménétier avait eu l'occasion de rencontrer Maud à plusieurs reprises. Il lui raconta les circonstances de son départ. Tout d'abord peu disert, il s'était ensuite appesanti sur les raisons de son éviction. Il lui avait demandé si elle-même n'avait pas remarqué, depuis quelque temps, un changement de comportement. Lui pensait qu'il pouvait s'agir d'une dépression qui faisait son œuvre. N'était-il pas victime du *burn out,* comme disent les Anglo-Saxons, cette dépression d'épuisement, pour avoir trop demandé à ses ressources tant physiques que psychiques ? Il disait aussi son intérêt pour son ami Jean, mais qu'il avait perdu le fil qui liait leur relation.

Maud dit à Jean comprendre que pareil choc l'ait amené à fuir la situation et qu'elle lui pardonnait de le lui avoir caché, somme toute, longtemps. Elle se disait néanmoins très triste que leur contrat de confiance n'ait pas tenu en pareilles circonstances, et que cela pouvait peut-être être le signe fort d'un certain éloignement. Elle lui dit qu'il était sans doute trop tôt pour lui demander ce qu'il comptait faire, que rien ne pouvait se faire pendant la période des fêtes. Elle n'avait rien dit à ses enfants. Elle en avait toutefois touché deux mots à sa mère lors du séjour hospitalier de son père à Caen.

Ainsi donc Maud savait et avait su garder le silence, sauf auprès de sa mère, qui n'avait pas dû commenter cet événement de façon bien amène pour son gendre.

Jean était perplexe et l'apparent détachement de Maud l'inquiétait. Il aurait préféré des reproches sévères. Il était comme un petit garçon. Et les petits garçons ne sont pas à même de séduire les dames.

∴

Ce fut le réveillon du jour de l'an chez des amis. Maud n'était pas placée près de Jean. Jean la regardait en coin, la mangeait des yeux. Elle parlait beaucoup. Elle avait l'air épanoui. Elle semblait tranquille, détendue. Elle charmait son auditoire. Elle avait une robe du soir de velours noir, au dos nu. Assise, Maud pouvait compter sur sa robe pour souligner, à son plus grand avantage, sa taille et sa cambrure, et émousser son voisin de droite qui avait quelque mal à banaliser son regard plongeant.
Cette nuit-là, Jean voulut resserrer son couple sur l'oreiller, mais Maud écarta cette perspective en boudant la partie conjugale proposée.

Jean, hors de DVC, avait perdu son assurance, il n'osait plus. Il se sentait perdant et il perdit Maud.
Voilà comment, il en fut définitivement averti.
Jean avait en poche, depuis le réveillon de Noël, la carte de visite des d'Anrémont. Y figuraient l'adresse parisienne et l'adresse bretonne du couple. Grâce à cette dernière, il n'avait pas été difficile pour Jean, en proie à une fascination inexplicable pour cette histoire de propriété à vendre, qu'il reliait, par les égarements de la pensée et l'imaginaire, aux objets de Drouot, eux-mêmes reliés à la chevalière de la rue du Faubourg-Saint-Honoré, de trouver l'agence immobilière en charge de la vente.

La propriété se trouve au sud de Vannes, après Arradon, près du Moustoir, face à l'île d'Irus et à l'île aux Moines. On y parvient en empruntant la D 101, puis en sortant avant la D 316. Elle a pour nom « Le Plessis-Guezenno ». C'est un vaste manoir du XVIe, de facture Renaissance bretonne, en granite gris, assis sur un promontoire de douze hectares dont six en bois, qui forme l'ensemble de la propriété et au derrière duquel se répand un large étang. Lors de l'appel téléphonique de Jean, l'agence immobilière en avait fait un portrait détaillé : une façade de quarante mètres de long avec deux tours rondes, une à chaque coin, une salle immense au rez-de-chaussée de quelques cents mètres carrés, pavée de grandes dalles en schiste de Saint-Cast et chauffée par une cheminée monumentale, un vaste hall d'entrée circulaire ceinturé de colonnes de pierre, une cuisine, un cellier, deux cabinets de toilette, un bureau et deux chambres. À l'étage, huit chambres, deux cabinets de toilette, un oratoire. Devant le portail s'ouvre une belle avenue : les arbres sont tricentenaires et méritent expertise quant à leur état. Initialement, la propriété comprenait deux métairies en contrebas du promontoire, l'une est baptisée « la Porte Noire » et l'autre « la Retenue ». La première se trouve en contrebas de l'avenue qui mène au manoir, la seconde, derrière l'étang. Elles sont en ruine, mais des éléments peuvent intéresser une possible restauration du manoir. L'agence connaît le notaire des propriétaires qui cherchent à vendre. Enfin, il y une chapelle et un sentier boisé qui y mène. Pour visiter, l'agence propose de retirer la clé auprès d'un commerce qui se trouve dans le bourg de Penmern. Le manoir n'est pas meublé. Il n'y a rien à voler, aussi fait-on plus aisément confiance. Il convient, bien sûr, de restituer les clés. Celles-ci sont difficiles à perdre car on les voit bien et elles sont bien lourdes. Il y en a deux, l'une pour le portail. Celui-ci ferme la cour qui est en surplomb et qui forme une terrasse face à la mer. C'est un portail sculpté et crénelé en granite de Kersanton, percé de deux portes, l'une, piétonne est condamnée et l'autre, cochère, est très large et fermée par une grille bien rongée par la rouille. La clé du portail fait quelque quinze centimètres de long et l'autre, pour la porte principale d'entrée, est légèrement plus modeste. Les autres portes sont condamnées et la chapelle n'a plus de porte. Avec ces informations, il serait difficile d'en savoir plus…

Curieux d'aller voir dans les documents en sa possession si les noms de lieux pouvaient, sait-on jamais, correspondre avec ceux qui lui avaient été communiqués, Jean se mit à l'idée d'aller les chercher, là où il les avait laissés, dans la chambre de bonne.

C'était l'après-midi du mardi 15 janvier, après avoir rencontré Xavier, revenu et à peu près remis de son voyage aux Antilles.

Celui-ci s'était moyennement passé. En effet, reçu par la famille de son amie antillaise à qui elle l'avait présenté, celle-ci s'était ingéniée à le provoquer avec insistance et sans nuances sur l'incurie des institutions françaises et l'entrisme métropolitain. Lui, qui venait passer des vacances et non pas collecter griefs et mises en cause mal définis, dont il n'avait d'ailleurs pas à répondre, avait perdu patience et contrarié son amie.

Jean n'apparaissait pas à Xavier plus armé pour se battre que la dernière fois. Pour Xavier, Jean aménageait une stratégie d'évitement, dans une logique de fuite. Celui-ci se plaisait à énumérer les handicaps qui résistaient à son nouveau départ. Xavier lui faisait observer qu'il y a toujours du positif dans tout événement, du bon et du moins bon, et qu'une difficulté peut devenir une opportunité, que certains échecs sont salvateurs et décuplent des facultés enfouies. Jean lui faisait remarquer que dans sa situation, il lui était bien difficile de trouver du positif. Xavier, agacé, réalisant que ces conseils étaient inutiles, lui dit un peu sèchement :

– Si, moi, je vois du positif dans ta situation ! Ce positif, c'est qu'elle lève le voile sur ta vérité. Prends un peu de recul et vois. Tu peux cesser d'être ta dupe et la dupe d'un système, qui n'a qu'un sens, celui d'être servi et d'être alimenté, pour se maintenir. Ce système s'autoalimente, d'ailleurs, pour partie avec le temps et il ne sait pas ce qu'il vise à terme. Il a des échéanciers, mais pas d'objectif final. Ses acteurs ont pour carrière le changement. C'est un C.V. qui les identifie. C'est une promotion qui les distingue. On loue le changement, on s'adapte au changement, on accompagne le changement, on se forme au changement... Le système, le groupe, l'entreprise, l'institution ne vont pas vers un accomplissement, ils se gèrent à vue et surfent sur la vague. Par contre, ils se fixent de façon récurrente des challenges, organisent la pression, et génèrent, par un resserrement des organisations, la compression nécessaire pour faire marcher le piston de la machine. Là-dessus, on instaure des discours convenus, qui couvrent beaucoup de violence contenue. DVC t'a-t-il offert autre chose que des matérialités ? Les honneurs et la reconnaissance, penses-tu ! Oui, à l'interne, le temps où tu les a reçus. Ces marques d'attention sont des outils de motivation ou de captation d'énergie. Les attentions qui te sont faites t'attachent davantage au système et te poussent à lui sacrifier encore plus de temps, et te soustraire à des attentions que tu aurais pu avoir ailleurs. Ces marques de reconnaissance sont des gestes artificiels qui appartiennent au *Kit* de management de l'entreprise qui les reprend à sa guise.

Jean fut surpris par le ton et le trait acéré de Xavier. Il tenta de lui démontrer que l'événement pouvait, par déclinaison, via les difficultés financières qui pouvaient rapidement en découler ou, pour sa vie affective, le regard des autres, lui ravir ce qui faisait sa vie. Xavier, resté sur la même ligne, lui tint ce langage :

– Tout est géométrie, physique et équilibres. Ta famille s'est adaptée à ta vie. Tu es la pièce centrale de son référent, et a priori, tout devait tourner autour de toi. Tu avais la fonction d'équilibre de l'ensemble. Tu étais le centre de gravité. Tu dois le demeurer autant que possible. Remplace le lest qu'avait mis DVC dans tes poches, et qui maintenait ton centre de gravité près du sol, par autre chose de plus fort : tes convictions, ta foi, ton ardeur, ton courage, ta puissance, ton charisme. Tire à toi tout ce qui pourrait tendre à t'échapper. Ne laisse pas les tiens tendre vers un autre centre que toi !

Jean avait les propos de Xavier en tête, mais rien ne réveillait cet endormissement qui le gagnait. Il échappait à la spirale de la régression qui le tirait vers le bas quand il était à nouveau gagné par cette fascination des signes qui l'amenaient ailleurs.

Arrivés devant chez lui, il remarqua la voiture de Maud. Elle devait être là. Il sonna à la porte, une fois, deux fois. Elle devait être partie faire des courses à pied. Ayant trouvé la voiture mal garée, il souhaita la déplacer. Il ne trouva pas les clés dans le vide-poche qui leur était consacré. Il ne trouva pas les doubles non plus.

– Tiens, ce n'est pas son habitude de se garer n'importe où ! Il n'y a plus qu'à prier pour que les contractuelles ne passent pas ! se dit-il.

Il revint à sa préoccupation première. Là encore, manque de chance ! Il ne trouva pas les clés de la chambre de bonne, là où il pensait les avoir laissées. Il s'inquiéta un instant en pensant qu'il pouvait ne pas les avoir retirées la dernière fois. Il monta en vitesse jusqu'à la porte. Pas de clés, il tourna rapidement le bouton de porte dans la foulée, et là ! l'indescriptible, l'impossible, le cauchemar...

∴

Là, Maud, à genoux sur le lit particulièrement élevé, tournant le dos à la porte, dans le plus simple appareil, dans la position d'une jument dont les antérieurs auraient fléchis, se faisait chevaucher par Danzac. Tout à leur besogne, mettant tout leur cœur à l'ouvrage, Maud et Danzac ne l'avaient pas entendu venir...

Le choc pour Jean fut terrible, il était à la fois pétrifié de honte pour elle, pour lui, et fasciné par ce spectacle obscène. Il se sentait damné. Il restait planté là. Danzac ne se départit pas et ne prit pas le soin de tenter un geste de pudeur. Il s'assit sur le lit, ruisselant, le membre en quête de travail. Maud s'entoura du couvre-lit et se mangea le poing. Puis, sans laisser le temps trop courir, Danzac, provocation ou émotion, souffla à Jean dans un rire nerveux :

– Vous auriez pu frapper !

Jean, se reprenant un peu :

– Oui, vous frapper !

Jean trouva sa répartie stupide et réalisa être, dans le contexte, le plus ridicule des trois.

Il sortit, descendit en trombe à l'appartement, se servit une bonne rasade de whisky, attrapa son manteau, prit ses clés de voiture et quelques menus effets qu'il enfourna dans sa serviette de cuir, et se trouva sur le trottoir. Il reconnut la Porsche noire de Danzac, immatriculée dans le Var. Il ne l'avait pas remarquée lorsqu'il était arrivé. Sa voiture était un peu plus loin. Il démarra rageusement. Il recula tout aussi rageusement et vint sciemment percuter le bas flanc de la Porsche de telle manière que celle-ci s'en trouvât froissée sur toute sa longueur. Ce fut plus fort que lui.

Il était dans un état de pure folie. Il roulait à toute allure, slalomait sans fin, à la limite de l'accrochage. Il freinait à mort, démarrait en trombe. Il laissait sa voiture exprimer sa rage, son désespoir.

Il avait perdu sa place. Il avait perdu celle qu'il aimait. Il avait erré sans but pendant des semaines, démuni, abattu, seul à seul avec ses pensées et leurs dérives, dans un Paris qui lui était devenu hostile, il perdait pied. Il avait perdu ses marques, son tracé.

Il lui fallait prendre une direction quelconque. Il prit la direction de l'ouest.

Chapitre IX

LE RETOUR

Au fur et à mesure qu'il avançait, la dernière image de Maud l'écorchait vif. Son instinct, ou bien son ange gardien, le poussait à s'éloigner pour ne pas commettre l'irréparable. Il était saisi par une pulsion de meurtre dont les cibles se superposaient : Maud, Danzac, le directeur général de DVC, le président de DVC, Pierre Ménétier, enfin ceux qui l'avaient trahi ou qui avaient contribué à son infortune. S'y ajoutaient, curieusement, des personnages hirsutes venus de nulle part ou du tréfonds de sa mémoire ou bien de mauvais rêves, et qui lui apparaissaient évanescents, immatériels, dans une lumière blanche. Il se sentait chassé de sa vie et irrésistiblement attiré par cet ailleurs qui lui arrivait par signaux.

Il mit le cap sur Nantes, puis sur Vannes, il roula sans s'arrêter, sinon à la pompe ou aux péages. Il arriva à Vannes vers 23 heures. Il trouva une chambre d'hôtel sans difficulté et de surcroît, près de l'agence immobilière en charge de la vente du manoir du Plessis-Guezenno.

Le lendemain matin, il se mit en quête des clés pour la visite. L'agence qui l'avait reçu et qui ne pouvait mettre en cause son sérieux, téléphona au petit commerce, une épicerie qui les avait en dépôt. Il lui fallait attendre environ 15 heures pour les obtenir, l'épicerie étant exceptionnellement fermée le matin pour cause d'enterrement.

Il faisait froid. Il pleuvait. Il prit un grand café bien chaud à l'épicerie, qui faisait aussi dépôt de pain et de journaux, et accessoirement buvette. La patronne s'enquit de savoir s'il connaissait le coin et d'où il venait. Il lui demanda à qui appartenait la propriété. Elle lui répondit qu'elle était abandonnée depuis longtemps. Le notaire qui était en charge de la succession, en l'absence d'héritiers directs et compte tenu de l'importance de celle-ci, s'était mis en quête de retrouver des héritiers et avait commis, pour ce faire, des généalogistes. La démarche entreprise avait aboutie depuis peu : les héritiers étaient Américains. Le mobilier avait été consigné en garde-meubles. Il y avait de belles choses, malgré de nombreux cambriolages. L'endroit avait aussi sa légende. Les gens du coin racontent que par le passé, des anciens avaient entendu des hurlements dans la chapelle, des pleurs étouffés d'enfant et vu des flambeaux se refléter dans les grandes fenêtres du manoir. Aujourd'hui, il y en avait encore qui affirmaient avoir été témoins de manifestations de ce genre, à plusieurs reprises, depuis quelques mois. La commerçante, bien sûr, ne croyait pas à ces sornettes :

– C'est un vieux fantasme de toujours, tous les châteaux ont leurs fantômes ! Et puis la propriété est sans doute souvent visitée par des intrus ! supputait-elle.

Clés en main, il gara sa Mercedes au bas de l'allée qui menait au manoir, le long de la route, une petite route étroite en lacet qui longeait la mer.

Il gravit l'allée bordée de vieux tilleuls aux fûts énormes qui montait vers le Plessis-Guezenno. Le vent et la pluie l'embrassaient et le rinçaient. Jean éprouva des difficultés à ouvrir le portail. Il n'était que 16 heures, certes c'était l'hiver mais le jour était tombé d'un coup. En baissant la tête, il fut pris d'étourdissement. Il sentit quelque chose lui frapper lourdement la tête, mais la douleur se dissipa aussitôt et il reprit sa marche.

Il fit à partir de ce moment plus doux. La nuit était très noire. On n'y voyait goutte. Les feuilles frissonnaient dans les arbres. Un souffle d'air marin salait les lèvres. Jean respirait à pleins poumons comme un air d'autrefois. Arrivé à mi-distance du parvis du manoir, toujours dans l'allée, Jean resserra sa marche sur la gauche pour éviter une grosse ornière qu'il ne pouvait voir. Il accéléra le pas et devint un peu haletant. Il se précipita sur la porte du manoir. Elle n'était pas fermée. Il entra.

– Bon !, se dit-il, Guillaume Ladoux a bien reçu mon message. Il a fait ce qu'il faut pour le feu. Il y a encore, là, de la bonne braise. Ce mois de mai est encore bien frais. Oui, mais le manoir n'a pas été souvent chauffé cet hiver. Je vais pouvoir ranimer le feu. Bien ! Les bûches sont là et en nombre suffisant. Il me faudra repartir demain matin. Les volets intérieurs sont tirés. On ne verra pas de lumière du dehors. Je vais allumer les candélabres. Ah ! La lumière des bûches et des bougies fait danser les ombres et donne un peu de vie, un peu de vie à vous, mes chéris.

Charles-Louis s'était laissé tomber dans l'énorme fauteuil de cuir lie de vin d'époque Louis XIII, qui faisait face au dos de la grande salle, se saisissant des accoudoirs pour brider le tremblement d'émotion que lui renvoyait ce grand tableau champêtre. Il était dedans. Il était plus jeune. Il était alors heureux. Il y avait Charlaine et il y avait Henri.
Il se dit :
– S'il est doux de rentrer chez soi, il est pour moi très dur aujourd'hui d'y revenir. Personne ne m'y attend. Je n'ai que mes souvenirs pour compagnie ici. Et pourtant cette demeure, Dieu si je l'aime ! Elle est le berceau et le centre de ma vie.

Nous ne sommes pas assaillis que par des sentiments profonds et des préoccupations majeures. Des considérations anodines ou puériles traversent aussi notre esprit. Ainsi, Charles-Louis observait que depuis 1787, il avait toujours en main son vieux fusil et nous étions en mai 1795, c'était un bon « deux coups » signé Jean Lepage. Il en avait eu un autre, fort beau, avec des garnitures d'argent, signé Jean Baptiste Claude Allevin, arquebusier du roi, et il l'avait donné à son vieil ami et beau-père. Il regardait ses pieds et se disait que ses bottes étaient bien sèches et qu'il lui faudrait les enduire de graisse avant de repartir demain. Il s'était toujours trouvé plus grand dans son habit bleu. Il aimait ce tricorne galonné d'or. Il avait grande confiance en ses deux pistolets qui lui avaient été offerts par le comte d'Artois à qui il avait rendu quelques services, plus ou moins menus, plus ou moins importants. Il trouvait modeste son pseudonyme, son nom de guerre, « le chevalier de Guez » alors qu'il était le descendant d'un chambellan du duc de Bretagne Jean V et que sa noblesse fort ancienne, avait fait depuis son ancêtre, Jehan Eudes, les Eudeno, seigneurs de Kerven et d'autres lieux, barons de Kernevez, puis marquis par la grâce de Louis le XIVe, du Plessis-Guezenno. Il était fier de descendre par sa mère, née O'Shiel, d'anciens comtes irlandais, les O'Brien d'Inchiquin, les O'Neill, comtes de Tyrone, les O'Riordan. Il était fier de leur morgue, de leur hardiesse, de leur brillante tenue au feu dans les brigades irlandaises, aux régiments de Berwick, de Dillon et de Walsh, ou encore au Régiment de la Martinique. Il pensait à Thomas Lée, comte de Liechfield, un cousin d'Hennebont par alliance, dont il aimait la faconde. Celui-ci devisait toujours sur la fière Irlande et sa vocation au martyre. Il lui parlait du comté de Down qu'il n'avait pourtant pas connu, comme s'il y avait vécu. Il disait qu'un ramage de sa famille y vivait encore, les Leeson, mais ils avaient mal tourné puisque pour un ridicule titre de baronnet, ils s'étaient vendus aux Hanovre. Ils blasonnaient aussi tous les deux et Charles-Louis l'appelait alors le Sarrazin, puisqu'il portait « d'argent à la fasce de sable, accompagnée de trois croissants de même » et que le croissant... Il n'avait plus aucune nouvelle de lui : qu'était-il devenu ?

Il s'était rapproché de la cheminée et avait ouvert une chopine de vin : de ce bon vin de bordeaux qu'il avait remisé dans ces temps incertains dans une cache de fortune aménagée sous des lattes amovibles du plancher du cellier et qui était plutôt un terrier à vin qu'une cave.

Il l'avait posée par terre et avait trouvé un gobelet pour épancher sa soif d'autrefois. Il aimait ce pavage de grès vert qui chaussait cette immense salle. Il aimait cette plaque qu'il avait fait fondre à l'occasion de son mariage. Il y avait marié ses armes à celles de sa femme qui portait « d'argent à trois macles d'azur posés deux et un ». Il aimait ces lourdes poutres de chêne qui formaient une voûte au dessus de lui.

Il s'était marié tardivement avec Charlaine. L'âge avançant, il pensait à doter son nom d'un héritier. Il avait pour ami Pierre de Préaubert, seigneur de Saint-Maugon, dont les terres couvraient une bonne partie de la paroisse de Pleudaneuc, près de Vannes. Il s'étaient connus tout jeunes. Ils étaient entrés l'un et l'autre, en 1756, à treize ans pour l'un, quatorze ans pour l'autre, à l'école royale militaire de Pontlevoy, qui trouvait son établissement près de Blois. C'est dans cette école que fit, vingt ans plus tard, ses classes Amateur Jerôme Sylvestre de Bras de Forges de Boishardy, qui chouannait dans le nord de la Bretagne et dont la tête avait été mise à prix par l'accusateur public Besné.

Pierre de Préaubert avait un fils, Alain-Jean, colonel des dragons au régiment de Metz, et une fille, Charlaine. Malade, il voulait donner une épaule à sa fille qu'il adulait, une épaule sûre en laquelle il avait pu placer toute sa confiance, c'était celle de Charles-Louis de Kerven et pas une autre. De plus, Charlaine dès le plus jeune âge en pinçait pour Charles-Louis. Comme les biches, elle boudait les juvéniles, les jouvenceaux, et n'avaient d'yeux que pour les « vieux mâles », les hommes d'âge mûr. Charles-Louis l'épousa le 8 mai 1786, très simplement dans la chapelle du Plessis-Guezenno. Il avait quarante-quatre ans, elle n'en avait que dix-huit. Toutefois, au lit, son jeune âge l'intimidait moins que Charles-Louis et elle prit de ce côté là un ascendant certain. Ce qui rendit rapidement plus léger Charles-Louis, inquiet d'imposer son âge à si fraîche et si belle créature.

Ardente au déduit et sans retenue, Charlaine ne tarda pas à donner un héritier à la branche des Plessis-Guezenno : Henri.

Henri, Pierre, Marie Eudeno de Kerven du Plessis-Guezenno, naquit le 7 avril 1787, le jour du congédiement du ministre Calonne, chez sa marraine, au château de Kermalvezin, pas très loin des abbayes de Kergonan, dans le pays d'Auray. Au fronton du château, et donc au dessus du berceau d'Henri, une maxime en latin interpellait le visiteur. Il pouvait l'entendre comme une épitaphe : « Ici est un lieu de passage, notre demeure est au-delà des astres... »

Quand Charles-Louis était venu chercher mère et enfant, il fut contrarié par sa lecture. Il lui semblait que ce message avait un sens caché et que chacun était concerné. Quelle menace recouvrait-il pour l'enfant ? Était-il bon de naître sous de tels auspices ?

Charles-Louis n'avait pas un an quand la situation politique du royaume devint critique. Depuis le début du règne du bon roi

Louis XVI, les finances du pays étaient à rude épreuve. Le soutien aux sujets britanniques révoltés du Nouveau Monde avait coûté très cher au Trésor de France et mit à mal beaucoup d'anciennes fortunes dans le corps de la noblesse. Charles-Louis avait, lui aussi, fortement contribué à cet effort, entamant fortement ses réserves. Il était alors de bon ton de subvenir aux besoins des expéditions. Les cadets couraient aux Amériques combattre l'Anglais et les aînés sacrifiaient une part non négligeable de leur héritage pour aider les rebelles dans leur effort de guerre et arracher, enfin, leur indépendance.

Le roi avait pu se satisfaire, au début, de l'enthousiasme que suscita le succès des armes françaises chez ses sujets.

L'américomanie remplaça à Paris l'ancien engouement pour le modèle anglais, et cela lui importait. Louis XVI vivait si difficilement l'anglomanie qui sévissait à la cour dans les premiers temps de son règne qu'un jour, il dit à Lauzun, grand amateur d'embrouilles, de femmes des autres et des modes britanniques :

– Monsieur, quand on aime autant les Anglais, on doit aller s'établir chez eux.

Le peuple applaudissait la politique outre-Atlantique du roi. Le 19 octobre 1781, les troupes du comte de Grasse, de Rochambeau et Washington eurent raison des Anglais, qui se livrèrent aux Français et aux Américains à New York avec vingt-deux drapeaux, cent soixante pièces de canon, six mille soldats et mille cinq cents matelots. La nouvelle déclencha en France un délire à nul autre pareil. Le traité de paix avec l'Angleterre, signé à Versailles par le roi, rendait à la France le Sénégal et la maîtrise du trafic maritime du port de Dunkerque. Mais ce succès ne fut pas que celui des armes, il était aussi celui de l'idée de liberté. L'acte d'indépendance des Américains était un énorme cri de liberté dont tous les peuples reçurent l'écho, et en France on jugea, plus qu'ailleurs, que le temps des grands renversements était commencé.

Un besoin général de réformes s'exprimait dans l'ensemble du pays. Il s'en fit à la demande du roi. Le gouvernement prenait bon nombre d'initiatives heureuses, mais celles-ci en demandaient d'autres, des demandes instantes de réformes plus profondes,

des demandes de mieux-être, des demandes de droits nouveaux. Toutes ces demandes s'enchaînaient, s'attachaient à des griefs, et sa bonne volonté se retournait contre lui. Le temps et les moyens ne suffisaient pas pour y faire face. Les finances de l'État apparaissaient irrémédiablement compromises. Le pouvoir s'affola, le roi et les ministres perdirent pied. La sédition vint de province et s'organisa pour être générale. Celle du duc d'Orléans qui visait à renverser son cousin éclata au grand jour. Elles produisirent l'insurrection, et les chefs de la révolution, qui étaient derrière, levèrent leur masque.

Le compromis entre le roi et la révolution ne pouvait pas tenir bien longtemps. Les velléités de complots des nobles émigrés, plus que leur réalité, résultantes de la déclaration de la guerre à l'Autriche en avril 1792, faisaient enrager les patriotes. La monarchie tomba en août 1792, le roi en janvier 1793. Sur l'échafaud, les exécuteurs des basses œuvres de la république naissante signèrent, de leurs mains, le forfait. Ils trempèrent leurs doigts dans le sang du roi et en maquillèrent d'odieux et imbéciles badauds, témoins hilares de l'assassinat, qui voulaient, ici une moustache, là des croix sur le front, et que pareil grimage et pareille horreur transportaient de joie. La République naissante avait choisi le sang du roi pour onction.

Ce fut pour Charles-louis, comme pour sa caste, le fait du diable.

Comme l'avait prévu Louis XVI, la Terreur allait maintenant frapper et semer la désolation en France, dans l'Ouest, dans la campagne bretonne et dans les cœurs.

Voilà les temps que traversa Charles-Louis.

S'il n'avait pas vécu à Versailles, comme beaucoup de ses pairs, il se tenait informé des affaires du royaume. Il craignait pour le roi. Il était meurtri pour la Bretagne. Unie à la France par des traités solennels, et jamais conquise, la Bretagne perdait avec les événements plus que les autres provinces, et pour Charles-Louis, l'essentiel : son statut, son autonomie, son autorité et une part de son identité et de sa vraisemblance. Thiers dira plus tard que la Bretagne fut le seul pays qui n'avait rien à gagner à la

Révolution. Comme la plupart des membres de la vieille noblesse bretonne, le marquis était particulièrement attaché aux droits et privilèges spécifiques de la province que défendait âprement et depuis longtemps le parlement à Rennes et les états de Bretagne. Il était, à cet égard, proche des vues d'Aimé Tuffin, marquis de la Rouërie, qui voulait avec son « Association bretonne » le rétablissement de la royauté dans ses principes initiaux et celui des libertés bretonnes. Le marquis regrettait toutefois les maladresses de la noblesse qui n'avait pas su tirer parti à temps, essentiellement en raison de l'aveuglement qu'entretenait sa suffisance et son égocentrisme, du sentiment profond d'appartenance à leur province et à leurs origines qu'éprouvaient les humbles Bretons que lui, Charles-Louis, connaissait bien. Partie largement prenante de la Constitution bretonne, ceux-ci s'étaient dès 1789 déclarés prêts à se battre par le droit, la forme et la lettre, puis sans doute par la force, pour maintenir la province de Bretagne dans l'intégrité de ses droits, de la conservation de ses franchises et immunités, mais la noblesse ne les avait pas écoutés, a fortiori entendus. Faute de ne pas avoir été pris en compte, certains de leurs chefs avaient versé dans le saccage des droits sacrés, par dépit.

Jusqu'à la folle année 1792, le marquis resta attaché à ses terres, à sa province de Bretagne dont il ne sortit plus quand il abandonna le métier des armes pour vivre sur son domaine, sinon une fois. C'était pour venir à Versailles et à Paris, rendre visite à son cousin, le comte de Botherel-Quintin, un officier très en cour, et lui présenter Charlaine. C'était juste après leurs noces. Le comte les avait logés dans son superbe hôtel, rue du Faubourg-Poissonnière, qu'il avait acheté trois ans plus tôt, au décès de ses premiers propriétaires, les de La Corée, et qu'il embellissait pour mieux éblouir « la Klein », sa jeune maîtresse. Il recevait beaucoup et le plus beau monde. Il fit connaître au couple la merveilleuse artiste et amie de la reine, Mme Vigée-Lebrun, Elisabeth, Lizbeth pour le cousin de Charles-Louis, qui, frappée par les traits délicats et la grande beauté de Charlaine, tint à faire son portrait en médaillon.

Ainsi, il parcourait, de part en part, sa province, pour visiter des terres et des fermes éloignées, ou pour rendre hommage à des parents et à des amis, se signer devant des sépultures ou encore pour honorer de sa présence des chasses, des mariages, des baptêmes, des réunions de francs-maçons. Il voyageait entre les Loges maçonniques qui prenaient le soin de le convier, comme la Loge L'Étoile des Maçons à Guingamp, La Noble Amitié de Morlaix, La Parfaite Union à Quimper, la Loge Saint-Germain, rue du Chapeau-Rouge à Nantes, L'Union et L'Heureuse Alliance à Lorient, qu'il ne fréquenta d'ailleurs qu'une seule fois, en juin 1789. Rappelons qu'à cette date, il y avait quelque mille deux cent cinquante loges réparties dans le royaume et quelque quarante mille maçons, ce qui pouvait laisser dire à la reine: « Ils en sont tous. »

Il y rencontrait des nobles comme lui, des bourgeois, des prélats, des soldats, des médecins, des chirurgiens, des artisans, enfin toute la mosaïque sociale de son époque. Il s'était même lié particulièrement d'amitié avec un certain Duc, de son nom de famille, un frère brestois, peintre en miniature. Celui-ci avait était témoin au baptême d'Henri et s'attacha au marmot dont il fit, plus tard, un portrait en buste sur ivoire. Mais c'était avant que la Terreur ne s'emploie à raccourcir ceux que les accusateurs publics déclaraient ennemis de la République et en premier lieu, les aristocrates. Il convenait de faire périr ceux qui avaient eu le malheur d'être « nés ». Pour échapper à ce martyre, nombreux émigrèrent. Les châteaux et manoirs se vidèrent, une bonne partie des loges furent aussi désertées.

Charles-Louis avait été reçu franc-maçon en 1775, dans une Loge constituée à Châtelaudren, dans l'évêché de Saint-Brieuc, La Sincère Union. Celle-ci s'éteignit au bout de trois ans, ce qui l'amena à fréquenter des Loges d'accueil. Son parrain était François du Bourblanc de Beaurepaire, officier d'infanterie, bon gentilhomme et bon camarade. Ils s'étaient connus et appréciés à l'école militaire de Blois. Les réunions de sa Loge « mère » se tenaient au château de Saint-Bihy, propriété du Duc d'Aiguillon, gouverneur de Bretagne, dont l'intendant-secrétaire était le vénérable de la Loge, René Le Saulnier du Vauhello.

La vieille noblesse de Bretagne, bonne chrétienne, ne craignait pas l'excommunication à cette époque. Les prêtres non plus, qui étaient nombreux à se tenir sous les colonnes des temples de la franc-maçonnerie, et qui ne se sentaient pas plus que cela tenus à l'extrême et étroite rigueur sacerdotale. L'anglomanie puis l'américomanie avaient largement contribué à étoffer les Loges, consolider leur présence, maintenir leur santé et favoriser leur rayonnement. Benjamin Franklin était maçon, La Fayette était maçon. Le comte de Clermont était maçon. On assura que Louis XV, le bien-aimé, l'avait été aussi.

Mais Charles-Louis ne prétendait pas incarner le frère idéal, non pas qu'il ne faisait pas honneur à son choix et à ceux qui l'avaient admis, mais parce qu'il avait rencontré dans ces Loges des hommes remarquables, des hommes de bien, des exemples, des hommes amènes et magnanimes, pratiquant dans la confrérie comme dans le siècle la vertu telle que la requéraient les rituels. Il eut beaucoup plus de mal qu'eux à pratiquer la tolérance à laquelle tout maçon devait travailler, dans ces temps incertains, faits de retournements, de trahisons, d'actes médiocres, voire abjects.

En effet, souvent les Loges se divisèrent. Les frères avaient des vues partagées sur les événements. Avec le temps, ils étaient d'un bord ou d'un autre et les prises de positions se radicalisèrent. La fraternité devenait pour beaucoup une épreuve et non plus un refuge et un havre de paix. Des nobles, les cadets surtout, qui applaudissaient au début des événements à l'avènement d'une ère nouvelle, ne pouvaient accepter le massacre des leurs.

Bon nombre de Loges étaient devenues, peu à peu, des lieux de libre pensée et certaines entretenaient des liens quasi organiques avec des sociétés de pensée qui préparèrent dans le secret ce qui devint la Révolution. C'était le cas de La Parfaite Amitié à Vannes que ne fréquentait pas Charles-Louis. Il condamnait l'affairisme connu de son vénérable, Jolivel, un notaire, qui, comme d'autres, détournait l'objet de la franc-maçonnerie pour en faire une machine à transformer le mode social et, au passage, servir intérêts et ambitions. Ainsi, alors que ce fut le fait d'une petite minorité motivée, tirant leur établissement et leur crédit d'une majorité passive, on put dire qu'en Bretagne, comme ailleurs, les événements de 1789 furent préparés par la franc-maçonnerie et ses succédanés.

Le frère du Plessis-Guezenno était un homme ardent, enthousiaste. Il était réceptif aux idées nouvelles. Il n'en était pas moins un grand aristocrate. Il ne put accepter de voir bafouer ses droits ancestraux et la religion, et malmener les prêtres. C'était un homme qui cultivait son libre arbitre. Il acceptait difficilement qu'on cherchât à l'influencer, à lui dicter sa conduite et bien évidemment qu'on le contraignît. Il ne fléchissait pas quand le vent se levait et il était prêt à se battre avec les éléments lorsque la tempête le menaçait. La franc-maçonnerie avait été pour lui une école d'ouverture et de mœurs feutrées. Il avait compris que l'on se perdait à se laisser aller au gré de l'agitation sociale et des courants qui vous font souvent échouer. Si ses dispositions naturelles le poussaient à comprendre, donc à voir et écouter, et prendre son prochain en compte, quitte même à le protéger en s'exposant, il avait aussi, en bon Breton, en outre porteur de gènes irlandais, la tête près du bonnet et le sens de l'honneur chatouilleux. Sa nature ou son éducation entretenait une certaine susceptibilité. Il avait un besoin impérieux d'être pris en compte. Jeune garçon, à la moindre provocation ou mise en cause, qu'il estimait malvenue ou injuste, il faisait le coup de poing sans longues sommations. Adulte, il sortait tout aussi lestement l'épée, sans grands préalables.

Sans rompre ses attaches, les événements parisiens de juillet 1789 eurent sur lui une grande portée. Sur les mille deux cents députés aux états généraux, deux cent quatorze étaient francs-maçons. Parmi les artisans des troubles, lui avaient été cités des curés et des nobles, qui avaient rejoint le tiers état lors des états généraux. Certains, de sa connaissance, étaient des frères d'Hennebont et de Lorient. Ceux-ci, il est vrai, ne cachaient pas leurs vues et leurs vœux, ce que l'on ne pouvait leur reprocher, mais ils avaient juré de respecter les lois et les usages du royaume lors de leurs serments en Loge et cela l'ébranla. Quelques-uns émargeaient sur le registre des présences de la plus ancienne Loge de Bretagne, fondée en 1744 par des frères de la Compagnie des Indes, sous le titre distinctif L'Union.

Cette Loge, fort réputée, comptait parmi ses membres le frère Coroller du Moustoir, un frère d'Hennebont qui devint député aux états généraux. Celui-ci se fit très tôt remarquer par sa fièvre révolutionnaire et s'inscrivit dans l'histoire en prenant, entre autres, une part active dans la rédaction de la Déclaration des droits de l'homme et du citoyen.

Le frère Coroller du Moustoir était un homme éloquent qui disposait d'une énergie remarquable à laquelle on résistait difficilement. On se trouvait vite happé par l'attrait de son intrépidité, par le charme de sa rare intelligence, par sa fougue ou son pouvoir hypnotique. Il secouait les tièdes, donnait confiance aux timorés, stimulait les hésitants, flattait les orgueilleux, calmait les virulents, bridait les inconséquents, de telle sorte qu'il amenait à lui une cohorte de partisans dont il restait maître. Il fit aussi « son marché » en Loge.

Meneur d'hommes et lanceur d'idées, Coroller du Moustoir fonda avec d'autres frères députés, tel Delaville-Leroux, lui aussi membre de L'Union, le club breton qui avait, avant de devenir le club des Jacobins, un pied à Versailles puis à Paris. Vinrent ensuite se joindre aux Bretons, aux Le Chapelier, Kervéléguan, Perret de Trégadoert, les Mirabeau, Beauharnais, Robespierre et le Duc d'Aiguillon.

Il fut rapporté à Charles-Louis de Kerven les manœuvres de certains, dont certaines fort viles.

Ainsi, tenez ! Par exemple, Le Chapelier, cet avocat au parlement de Bretagne, ardent défenseur des droits et privilèges de la province : qu'offrit-il spontanément comme gage à la Révolution, quand, député, il devint président de l'Assemblée nationale constituante, propulsé par la combativité de ses collègues bretons, surtout celle de Coroller du Moustoir, et ce, dès la première séance, la nuit du 4 août 1789 ? Pas moins que de proposer « la suppression des privilèges provinciaux », atteinte directe au particularisme breton à travers ses droits et libertés inaliénables ! Voilà, alors que tenu de défendre les cahiers de doléances, il était expressément chargé de maintenir les droits particuliers de la province, il fit juste le contraire au nom de ses commettants. Lors de cette nuit folle de fièvre sacrificielle où les nobles abandonnaient leurs privilèges et ou chacun voulut se dépouiller de quelques chose, les députés bretons, qui n'avaient rien à sacrifier, ne trouvèrent rien de mieux que d'offrir les libertés de la Bretagne sur l'autel de la patrie française !

On ne savait plus qui était qui. Pour Charles-Louis, Le Chapelier et beaucoup d'autres, hier respectables, étaient devenus par opportunisme ou par crainte, pour servir leur ego ou leur carrière ou encore par veulerie, d'odieux parjures, des félons.

Le duc d'Orléans, dont on savait la haine farouche contre le roi et la reine, se voyait fort bien à la tête d'une monarchie constitutionnelle. À la fois prétendant à cette destinée qu'il lui faudrait réaliser et Grand Maître des Maçons, lui même manœuvré par son entourage, il avait fait du Palais-Royal, sa résidence, le foyer central de la Révolution, et instillait le poison de ses mauvais desseins sous des allures bonhommes et la beauté de la cause.

Il y avait de quoi laisser perplexe le marquis du Plessis-Guezenno, peu enclin à l'ambiguïté et peu goûteux des stratégies de salon et des mœurs parisiennes, mais inconditionnellement attaché au respect des serments et à la parole donnée. Il voulait rester fidèle à la tradition qui exclut tout débat politique en Loge et les échanges sur la condition sociale de ses membres, échanges propres à diviser. Il prit des distances relatives avec ses anciens condisciples, puis notoires quand les événements se durcirent. L'école de la mesure et de la tolérance n'avait toujours pas fait là son œuvre chez ses adeptes.

Charles-Louis, en pensant à Coroller du Moustoir qui se trouvait souvent face à lui lors des banquets qui achevaient immuablement les réunions, se souvenait qu'ils levaient ensemble les santés rituelles, en se faisant respectivement des clins d'œil de plaisir entendu.
La première était dédiée au roi :
– À la santé de Louis XVI, notre auguste monarque et à celle de la famille royale.
La deuxième, au Grand Maître :
– À notre sérénissime Grand Maître, monseigneur le duc d'Orléans.

Quant au comportement des frères qui s'attaquèrent à la religion et qui s'étaient engagés dans la rébellion, il les aurait volontiers rappelés vertement à leurs devoirs, aux devoirs des maçons francs et acceptés.

Ainsi, il les aurait mis face à leur premier devoir concernant Dieu et la religion. Il leur aurait rappelé qu'un maçon est tenu par son engagement d'obéir à la loi morale, et qu'ainsi, « il ne sera jamais ni athée stupide, ni libertin irréligieux ». Quant au second devoir, il les enjoignait à ne jamais s'engager dans des complots contre l'État…

Il en est ainsi du monde et des hommes.

À la vérité, mais il le sut rarement, ses attaches maçonniques le protégèrent au plus fort de la tourmente. Il put compter aussi sur la fidélité de ses anciens vassaux, les villageois du pays d'Auray qui travaillaient sur ses dépendances et qui le connaissaient attentif et charitable, à l'exception toutefois d'un petit groupe d'énergumènes, des fanatiques, imbibés d'alcool, mauvais ouvriers, mauvais pères et mauvais maris, guidés avant tout par la jalousie et emportés par leurs idées courtes. Il avait aussi bonne réputation auprès des artisans qu'il faisait vivre et qui appréciaient sa régularité. Il en était autrement sur ses terres du nord où il n'était pas connu et où les hommes étaient plus farouches et, où les mœurs, à l'instar du climat de leurs contrées, étaient plus rudes.

Il s'employa à éviter de se trouver sur la liste des émigrés afin que ses biens ne soient pas confisqués, ne deviennent pas biens nationaux et ne soient pas vendus, entre autres à ceux qui les avaient rapidement convoités et qui pouvaient œuvrer de façon souterraine pour que son nom y soit porté.

Il se déplaça beaucoup pendant ces temps délicats. Il lui fallait surveiller ses biens et percevoir les fermages. Il avait dû s'adapter aux temps bien que ces démarches lui coûtèrent. Ses terres étaient éparses et se trouvaient réparties dans les évêchés de Tréguier, du Léon, de Cornouaille et de Vannes. Il courait donc les campagnes profondes du sud au nord, d'est en ouest, à cheval, seul en général, ce qui était, somme toute, dangereux : la misère poussait au brigandage et la faim faisait sortir les loups la nuit. Il ne disposait plus de commis pour le faire en son nom. Au Plessis-Guezenno, il comptait toujours sur ses deux métayers. Quant aux droits seigneuriaux et privilèges, ils étaient abolis. Toutefois, comme rien n'est jamais acquis, dans un sens comme dans l'autre, et qu'un revirement s'avérait à ses yeux possible, il avait mis l'essentiel de ses droits et patentes en lieu sûr. Sans cette perspective optimiste, il aurait, quoiqu'il en soit, mis à l'abri ces papiers qui fondaient le statut de sa famille et appartenaient en quelque sorte à son trésor. Il fit déplacer aussi Charlaine et Henri, même souvent, au regard des menaces plus ou moins confuses qu'il pressentait pour eux. Il les conduisait ou les faisait conduire chez des familles amies dont les maisons devenaient avec le temps de moins en moins sûres et où on avait d'abord tenté d'oublier l'anarchie du dehors. On pleura ensuite beaucoup dans ces demeures des parents suppliciés.

On se sentait cernés. On l'était aussi par les rumeurs qui font parfois plus de ravages que les mauvaises nouvelles. La guillotine devenue familière, des rumeurs folles en croisaient de plus folles. On racontait n'importe quoi, mais cela faisait son chemin et son œuvre, et attaquait toute confiance en son prochain. On se méfiait de tout et de tous. On raconta des horreurs qui remuaient les sens et faisaient tourner l'œil et le cœur. Faute de peaux animales, une de ces rumeurs venues de Paris prétendait que des selleries de province réalisaient des cartouchières pour la troupe en peau humaine de suppliciés, et que de plus, l'on fit des culottes dans ce cuir. On assortissait ce fait d'une anecdote : le duc d'Orléans devenu Philipe Egalité en porterait et aurait eu ce mot : « Je me glisse peut-être dans la peau d'une marquise que j'aurais troussée. » Comment croire à pareille chose, aussi abjecte qu'invraisemblable ? L'attitude particulièrement ambiguë et malsaine du cousin du roi eut ses effets. On ne prête qu'aux riches, dit-on. Charles-Louis ne croyait pas de telles horreurs possibles, mais cela n'arrangeait pas le crédit des Bourbons. Le fiel se répandait et corrompait tout.

∴

Quand Louis XVI cessa d'être roi de France pour devenir roi des Français, les nobles bretons comme les nobles normands partirent en grand nombre pour l'Angleterre. Certains, qui y firent leur place et perdirent leurs biens en France, y restèrent d'ailleurs définitivement. Un de ses amis francs-maçons, d'une vieille famille de Morlaix incita le marquis à se rendre à Londres, non pas qu'il le poussa à déserter, il fallait être aussi présent sur le continent, mais on s'y organisait et il convenait, depuis la récente dissolution de l'armée des princes Provence - Artois - Condé, de se réinvestir dans l'action. Les effectifs licenciés de cette armée soudainement dissoute refluèrent sur les côtes anglaises, d'où ils pensaient passer plus facilement en Bretagne. Une filière marchait bien. On embarquait à Roscoff sur un petit vaisseau qui avait fait ses preuves, et on abordait la côte nord pour se rendre ensuite à Londres. Cette filière, des amis communs, un ancien procureur du roi, un ancien lieutenant des maréchaux de France et encore d'autres, l'avaient empruntée et revenaient de temps à autre en pays de Morlaix, pour établir des liaisons avec les agents de l'armée royale ou pour veiller sur les leurs.

Charles-Louis n'avait pas de goût pour les Anglais. Sa tradition familiale les mettait à l'index. Sa branche maternelle, de souche irlandaise, jacobite, spoliée par les colons anglais, avait du fuir les exactions de la soldatesque anglaise et l'Irlande. Elle entretenait en retour une mémoire haineuse à l'encontre de la famille de Hanovre et de ses sujets. Le marquis était convaincu de la duplicité naturelle de l'engeance anglaise. Il était certain que la cruauté était un des caractères irréductibles des Saxons. Les Français qui se plaisaient en Angleterre étaient des transfuges huguenots qui, au début du siècle à Londres, avaient fait de Soho leur quartier et le confluent des réseaux d'émigrés protestants de toutes nations, plus attachés à leurs affaires qu'à celles de leurs pays respectifs. Et Charles-Louis, malgré l'ouverture aux autres sensibilités et au principe de tolérance religieuse que prônait la franc-maçonnerie, restait, malgré lui, circonspect à l'égard de ces antipapistes.

« Il nous est fait bon accueil », lui dit-on, dans une maison amie en pays de Morlaix, en le recommandant à des partenaires d'outre-Manche. Nous étions à la mi-octobre 1792, à peu près un mois après la proclamation de la Ire République. Pressé par les événements et des alertes, il partit pourtant pour l'Angleterre.

La veille de son départ, un des amis de ses hôtes, un officier du régiment de la reine qui se trouvait avec ses hommes dans un bois près de Tours, avait échappé aux compagnies républicaines voilà huit jours et était venu se réfugier chez eux. Il raconta comment sa compagnie, alors qu'elle bivouaquait dans un petit bois, fut décimée. Les soldats portaient l'habit blanc de leur régiment, ce qui en fit des cibles idéales. Voulant rattraper son cheval effrayé par le bruit de la mitraille, celui-ci, une fois enfourché, le sauva en s'emballant. Dans sa fuite, il avait retraversé une bourgade qui leur était acquise et où lui et ses hommes s'étaient arrêtés pour faire des provisions de bouche. Quand il y repassa après le désastre, le village était en émoi. Il s'approcha d'un attroupement en proie au plus grand désarroi. La boulangère qui les avait fournis en pain avant l'accrochage, avait crié lors du passage des dragons qui s'en allaient meurtrir leur contingent :

– Vive notre bon roi ! Vivent nos bons prêtres.

Un des dragons lui abattit un coup de sabre sur la nuque. Elle tomba de son étal sur la chaussée et elle fut, au sol, foulée par les sabots des chevaux et écrasée par l'artillerie qui arrivait au pas de charge.

Il y a des images qui arrachent les cœurs. Ce fut un déclic. Il y des événements singuliers qui touchent plus que les grandes causes. Contraint d'agir par devoir, de partir en raison des circonstances et des pressions amicales, Charles-Louis demeurait indécis et aurait pu renoncer en dernier lieu à traverser, mais l'évocation de cette barbarie le décida.

Chapitre X

LE CHEVALIER DE GUEZ ET ROSE-MARY

Il acceptait d'être un agent, un agent de liaison. Il verrait après. Il lui fallait se donner un pseudonyme. Un nom de guerre. Il serait le chevalier de Guez. Si les patriotes infiltrés entendaient parler de lui, ou s'il était dénoncé, le lien avec le Plessis-Guezenno n'apparaîtrait pas et il protégeait ainsi les siens.

Il embarqua sur le « Saint-Pierre » de Roscoff, une embarcation de moins de quarante tonneaux. Celle-ci faisait le commerce des vins importés de Cadix ou de Bordeaux à Roscoff et exportés jusque depuis peu, de Roscoff en Angleterre. Son propriétaire et capitaine, le sieur Jézéquel, avait bénéficié de la protection de monseigneur de La Marche, évêque de Saint-Pol-de-Léon, et était devenu son obligé. Il était acquis à la cause royaliste et s'était spécialisé dans le transport clandestin des émigrés. Il mettait toutefois à son geste des conditions qui n'étaient pas à la portée de toutes les bourses, mais il prenait d'énormes risques. L'évêque, qui émigra, fit l'expérience de son adresse pour cet exercice délicat, alors que tout un chacun était surveillé par son voisin et susceptible d'être dénoncé pour un simple délit d'opinion, voire une parole malheureuse ou mal interprétée. La traversée fut longue, agitée et éprouvante. Le bateau grinçait de toute part. Il vous mettait aux aguets et l'on ne pouvait dormir la nuit. La moindre voile à l'horizon vous effrayait le jour. Qu'allait-on rencontrer ? Nous avait-on vu ?

On fit escale sur l'île de Wight pour prendre à bord deux nouveaux passagers. Il s'agissait d'un père et de son fils qui faisaient le coup de feu dans la région de Fougères et qui, partis du cap de la Hague à bord d'un bateau de pêche, s'étaient fait déposer dans l'île. Ils se rendaient à Salisbury retrouver leur parenté émigrée depuis peu.

Charles-Louis de Kerven était recommandé auprès du docteur John Ash par un ami chirurgien qu'il avait connu en Loge. Celui-ci hébergeait des agents royalistes de passage, soit à Londres dans une dépendance du collège de physique où il était *fellow,* soit dans une aile du hôpital général à Birmingham dont il fut médecin en chef, les confiant alors à George Birch, le gouverneur de l'institution qui lui devait son état. La qualité de Charles-Louis amena John Ash à le prendre très directement sous son toit et sous sa protection.

John Ash n'était pas tout jeune quand il fit la connaissance de son nouvel hôte. Il avait près de soixante-dix ans. Il se fit un réel plaisir en l'accompagnant à une soirée de l'Eumalian Club qu'il avait fondé. Les membres de ce club se réunissaient à la Blenheim Tavern dans Bond Street. Ils étaient tous cultivés et chaleureux. Ils formaient une communauté harmonieuse d'intellectuels, de littérateurs, d'artistes, de scientifiques. Ceux-ci accueillirent au mieux Charles-Louis qui fut présenté par John Ash comme « le chevalier de Guez », et mirent en pratique et avec application leur français. Le docteur Ash était lui-même un éminent physicien. Sir Joshua Reynolds, qui avait fait son portrait à différents âges, en avait été membre, mais hélas, il venait de décéder. Quand il fut reçu, Charles-Louis dut consacrer, avec les membres du club, une minute de silence à sa mémoire. Ils parlèrent ensuite de lui, de son talent, de son génie, mais aussi des travers de sa technique. On se désolait que tous ses plus beaux tableaux se craquellent. La gravité de l'hommage au défunt laissa la place aux plaisanteries, ainsi citait-on quelques « portraiturés » qui ne manquaient pas d'humour acide quant à la fiabilité des couleurs de Reynolds. Ainsi, un membre du club rappelait que sir Walter Blackett, personnage peu amène, qui s'était fait peindre vers 1770, et qui avait vu son portrait se délabrer, avait écrit l'épigramme suivant :

Les tableaux étaient faits autrefois
Pour laisser aux vivants l'image de leurs morts
Mais cette grande fripouille a inversé l'ordre
Et fait mourir l'image avant l'homme.

Cette tirade amusa beaucoup Charles-Louis. Un autre convive, puisqu'on dînait, cita, pour sa part, Horace Walpole qui suggérait que Reynolds soit « payé en annuités aussi longtemps que sa peinture dure ». Le groupe enchaîna sur les dons d'Horace Walpole, quatrième comte d'Oxford et quatrième fils de son ancien ministre de père, sur son brio. Il avait alors soixante-quinze ans et avait souvent honoré de sa visite les réunions à thème de l'Eumilian. Le marquis ne connaissait pas Horace Walpole et, à vrai dire, n'était pas porté sur la littérature. Il ne fréquentait pas les salons et n'avait pas apprécié les salons parisiens lorsqu'il en avait fait l'expérience, sous l'aile de son cousin, de Botherel-Quintin. Il y avait vu ces gens qui se voulaient savants ou philosophes s'assassiner avec de bons et mauvais mots, par tirades antiques interposées, mêlant miel et fiel, tout à leur suffisance, et cela l'avait indisposé. Mais tel n'était pas le cas ici, et il en fut ravi. On parlait ici de botanique. John Ash était connu pour son savoir en matière d'usage des plantes à des fins thérapeutiques. On citait les travaux de Jussieu. On parlait de la faune : on commentait Buffon. On s'émerveillait de ce grand œuvre que sont la nature et ses trésors. On était simples et courtois. On parlait peinture, littérature, et, ce jour-là, d'Horace Walpole et d'Horace Walpole. On parla de son roman, traduit depuis longtemps dans plusieurs langues, *Le Château d'Otrante*. Certains, qui étaient présents, lui avaient rendu visite à Twickenham, dans sa villa gothique de Strawberry Hill. Ils avaient pu voir son impressionnante collection d'antiquités. L'un d'entre eux y avait rencontré les trois sœurs Waldegrave, les nièces inséparables d'Horace que celui-ci adorait. Elles se suivaient d'un an et étaient, au dire de celui qui en faisait l'éloge, belles et spirituelles, et l'une d'entre elles, Elisabeth Laura, l'avant-dernière, l'avait ébloui. Un des membres du club qui l'écoutait distraitement, James Cotton of Elvaston, était plus que les autres curieux de Charles-Louis. En aparté, celui-ci lui posa mille questions. De son côté, il s'ouvrit de tout à Charles-Louis. Le marquis le trouvait fort plaisant et lui fut reconnaissant de s'intéresser à lui et de lui permettre de mieux percer l'endroit et les usages. Ils parlèrent ensemble des événements en France. James Cotton compatissait volontiers au sort des aristocrates, mais rappelait tout de même que les nobles français étaient partis chercher en Amérique, à grands frais, le levain du désordre dont ils étaient maintenant victimes. Ils promirent de se voir le lendemain. James Cotton souhaitait en savoir davantage sur l'état de la France. Il lui prêterait le roman d'Horace Walpole. Il l'aiderait à se déplacer dans Londres qu'il ne connaissait pas. Enfin, il était ravi de se faire un ami français.

Le lendemain, le jour de la Saint-Charles, tout se passa comme arrêté la veille. James Cotton prit de vitesse sa domesticité pour accueillir Charles-Louis de Kerven. Il était somptueux comme tout se qui se trouvait chez lui. Il avait une redingote en velours noir avec de gros boutons, dorés comme son gilet à double revers. Une superbe et sobre broche ovale en onyx noir, sertie d'or, fixait le volume de sa fine cravate blanche. Il gardait sous le bras son tricorne, du même velours que son habit et galonné d'or. Si avoir un chapeau chez soi, ne serait-ce sous le bras, peut apparaître incongru, Charles-Louis retint de sa tenue qu'elle était magnifique. James fit entrer son nouvel ami dans son salon-bibliothèque. Il devait être dans les seize heures, l'heure du thé qui leur fut servi. Les appartements de James, dans le quartier de Kensington, se trouvaient en bordure de Hyde Park et les grandes fenêtres donnaient sur un lac de calme. Les feuilles étaient tombées et avait donné du champ à la vue. Après un coup d'œil sur l'extérieur, Charles-Louis fit le tour de cette pièce en rotonde, toute rayonnée d'acajou, sinon à l'endroit de la cheminée, une cheminée de marbre blanc veiné de bleu. Au-dessus, James Cotton, Earl of Elvaston, avait fait placer les armes de sa famille. L'écu composite intégrait la somme de ces quartiers. S'il manquait de sobriété, la diversité des émaux, des couleurs, faisait de lui un riche tableau. Charles-Louis fut surpris d'y trouver les armes de la famille de sa mère, « *d'argent à un lion de gueules, à deux mains appaumées en chef et une étoile en pointe, de même* », qui est O'Shiel.

Charles Cotton commenta sa généalogie et expliqua qu'une aïeule appartenait bien à cette maison, que celle-ci était catholique et qu'il avait du sang irlandais.

Les voilà cousins. Ils s'embrassèrent. Et le roman de Walpole ! Charles Cotton y pensait. Il était là. Il le lui donna. Il l'ouvrit et sous son ex-libris, dédia l'ouvrage à Charles-Louis. S'il est des coups de foudre entre des amants, il y a aussi des amitiés spontanées.

Charles-Louis ouvre et lit :

« for Charles-Louis, Knight of Guez, his friend, James Cotton, Earl of Elvaston, 1792 , November 14th »

Ils prirent congé vers 18 heures, à la nuit. James invita Charles-Louis à un dîner le surlendemain. Il y aurait quelque trente invités. C'était pour son quarantième anniversaire. Il lui présenterait l'élue de son cœur. Il n'était toujours par marié. Il pensait s'établir. Il était rentier. Il n'avait pas d'obligations, sinon les amis qui le retenaient à Londres. Sa fiancée était écossaise. Elle était fille unique. Sa famille avait une filature. Il pourrait envisager de s'installer après leur mariage à Edimbourg.

Charles-Louis rencontra des membres de la communauté des émigrés. Celle-ci se perdait en conjectures. Bien reçue par le gouvernement anglais, elle ne savait pas quel serait son aide. Le gouvernement anglais mesurait mal les enjeux et les difficultés d'un soutien à l'action de l'armée royale, tant diplomatiques, économiques que militaires. On pressentait le procès du roi Louis XVI, qui avait confié la régence en exil à son frère, Louis-Stanislas-Xavier, le comte de Provence. Celui-ci était à Coblence où il avait retrouvé le comte d'Artois, son frère cadet, depuis le début de l'été 1791. Louis Joseph de Bourbon, prince de Condé, s'y était aussi réfugié depuis peu, après avoir émigré aux Pays-Bas, puis à Turin, puis à Worms, pour lever un corps de garde et prendre une part plus active contre les armées républicaines. Le comte de Provence, versatile et ombrageux, jaloux de son frère Louis à qui il ne souhaitait pas que du bien, écartait tous ceux qui pouvaient avoir du caractère et du jugement par peur de la réplique, enfin tous ceux que la pertinence rendait à ses yeux impertinents. D'esprit indéfini quoique intelligent, il se piquait davantage de littérature que de politique et il n'apparaissait pas au plus candide des observateurs comme l'expression de la providence. Plus tard, Napoléon jugera qu'il était plus fait pour l'Institut que pour le trône. Tant en regard de la situation que de l'éloignement des chefs de l'émigration et de leurs personnalités, le gouvernement anglais, ne voulant pas compromettre ses intérêts, donnait du temps au temps et ne se sentit pas prêt à adopter une stratégie quelconque. La situation était on ne peut plus confuse en France et les événements se bousculaient plus qu'ils ne s'enchaînaient. Au règne chaotique de Louis XVI succédait le règne de l'anarchie.

Le premier séjour du chevalier de Guez en Angleterre, assez mal préparé, ne pouvait durer. L'objet de ce voyage était une prise de contact avec ceux qui pressaient les autorités anglaises de leur prêter main forte. L'hypothèse de ce déplacement avait été évoquée lorsqu'il avait quitté Charlaine pour s'en aller dans le pays de Morlaix. Il était convenu qu'elle restât au Plessis-Guezenno. Il était assuré de la surveillance de sa famille par un prêtre, un ancien recteur en rupture de paroisse, qu'il logeait provisoirement dans une des tours du manoir, et par les gens de la Retenue et de la Porte Noire, les deux métairies du domaine, de ses gens, disait-on avant. Certes, il n'était pas parti vraiment tranquille.

Le « Saint-Pierre » devait revenir en Angleterre déposer de nouveaux émigrants entre le 15 et le 17 novembre à Plymouth. Le chevalier de Guez avait demandé au capitaine de l'attendre jusqu'au 19 novembre afin qu'il fît avec lui la route du retour pour Roscoff.

∴

Le 6 novembre, Charles-Louis arriva à l'heure dite à la résidence du comte Elviston, c'est à dire un peu trop tôt. Toutefois, James Cotton en fut ravi. Il put ainsi présenter son nouvel ami à l'ensemble des convives, au fur et à mesure de leur arrivée. Le groupe des invités s'agrégeait progressivement dans un vaste hall. Le nombre de femmes l'emportait sur celui des hommes. Il y avait quelques jeunes veuves et des femmes dont les maris étaient dans leur régiment ou à l'étranger pour leurs affaires ou au titre de leurs fonctions sociales. Il y avait Mrs Siddons, une actrice en vogue qui faisait bien la tragédie, et qui était accompagnée par David Garrick Junior, le fils d'un ancien grand acteur. Il y avait Mrs Billington. Elle avait vécu à Dublin. C'était la fille de Carl Weichsell, un ancien virtuose et compositeur très célèbre à Londres. Elle-même était une chanteuse et une actrice à succès. Elle était présentement la vedette de Covent Garden. On la disait volage. Elle était de bonne compagnie, avenante, volubile et facétieuse. Elle aurait pu venir avec son dernier amant, le duc de Rutland, mais celui-ci était empêché. Voilà pour les artistes... Il y avait deux officiers avec leurs épouses, un capitaine de la garde, l'honorable capitaine John Haydon, et le jeune First Lieutenant Henry Shambers, un marin. Enfin lui fut présentée Miss Helen Baird Sheridan, l'élue de James Cotton, accompagnée d'une amie, Rose-Mary Dickinson, et de son cousin, officier du 42e régiment de Highlanders en tenue. Rose-Mary Dickinson était mariée à un diplomate en poste en Espagne. C'est auprès d'elle, à sa gauche, et de James Cotton, à sa droite, qu'il dîna. Charles-Louis, qui retrouvait des membres du club autour des deux immenses tables qui avaient été dressées, était observé, mais ne fut pas l'attraction, il fut même plutôt ignoré. Il était, en 1792, de fort mauvais ton pour un Anglais d'exprimer quelque sympathie que ce soit à l'égard des Français et quels qu'ils soient. S'il n'étaient pas d'affreux révolutionnaires, ils les avaient combattus aux côtés des rebelles américains. Il ne fit de conversation qu'avec sa jolie voisine.

Autant Charlaine était brune, autant Rose-Mary était blonde. Si les yeux de Charlaine étaient grands, clairs et bleus et vous offraient le calme, ceux de Rose-Mary étaient, non pas trop petits, mais noirs et ronds, vifs et brillants, et pour tout dire, coquins. Elle lui parlait en fixant toujours ses yeux ou sa bouche. Il crut un moment que ce n'était pas incidemment que sa jambe s'appuya longtemps contre la sienne. Il sentait sa chaleur l'envahir. Il s'écarta doucement. Quelques minutes plus tard, il la sentait de nouveau. Ils parlèrent tous deux des raisons de sa présence à Londres et chez James. Rose-Mary fit le compliment de James, lui dit que c'est elle qui lui avait présenté Helen, qu'elles avaient été ensemble au collège où elles avaient fait toutes deux les quatre cents coups, qu'elles avaient découvert les garçons en même temps. Elle lui dit aussi que, souffrante au moment du départ de son mari pour Madrid, il y a deux mois, elle n'avait pu l'accompagner, et que de toute façon, elle n'avait pas envie de le suivre tout de suite. Elle n'y connaissait personne. Elle ne parlait pas l'espagnol, elle ne parlait, avec sa langue maternelle, que le français. Le protocole l'ennuyait et plus, même. Enfin, elle était musicienne et avait des obligations envers ses partenaires. Son mari était issu d'une famille bourgeoise du Devon, mais il serait certainement anobli très bientôt par George III. Elle n'avait pas d'enfant. Lui en avait de son premier mariage. Il n'était pas tout jeune pour prendre un nouveau poste à l'étranger. Il avait cinquante-sept ans. Il était presque chauve, « mais avec la perruque, bon... ça allait ! ». Il était plutôt fort.

Sortis de table, les convives se répandirent dans les salons, Rose-Mary et Charles-Louis n'arrêtèrent pas leur conversation. Ils parlaient maintenant de leurs goûts respectifs et faisaient le tri de ceux que l'on pouvait mettre en commun. Face à face, écartés de leur dossier, penchés l'un vers l'autre, ils éprouvaient le besoin de se raconter. Ils rapprochèrent leurs fauteuils. L'expression rapide, le ton bas et confidentiel emprunté et de rigueur dans cet endroit délicat, luxueux et bien fréquenté, l'enchaînement des considérations entremêlées et les digressions badines qui en résultaient, les confidences qui parsemaient la discussion, nourrirent une intimité quasi spontanée. Il furent l'un et l'autre surpris du plaisir d'être ensemble, et de réaliser, sans l'exprimer, qu'arrivés à l'issue de leur soirée chez James Cotton, ils se tapotaient machinalement les doigts, rythmant ainsi leur conversation et touchant du doigt ses moments forts.

Les invités quittèrent progressivement les lieux. James logeait pour la nuit Helen et son cousin. Rose-Mary rentrait chez elle. James lui proposa de la faire accompagner par un domestique, un Indien, un homme sûr, le meilleur garde du corps qu'il ait pu connaître. Elle ne demeurait pas loin, dans Berkeley Street. Charles-Louis suggéra qu'il pouvait, lui, la raccompagner. Cela ferait moins de dérangement et prolongerait son plaisir.

Il faisait très froid et très humide. Charles-Louis avait un superbe chapeau en zibeline comme les parements et le col de son long manteau. Rose-Mary était moins chaudement vêtue. Elle avait une toque de renard gris qui rehaussait son beau visage, mais seule une cape couvrait sa robe décolletée. Charles-Louis ouvrit son manteau et recouvrit avec un pan de celui-ci la gracile Rose-Mary qui l'étreignit par la taille pour ne pas trébucher. Le sol était par endroit verglacé.

Ils arrivèrent à la porte du petit hôtel particulier des Dickinson. Elle chercha fébrilement la clé dans un pli interne de la robe à la hauteur de la taille, aménagé à cet effet. Le chevalier de Guez put voir un bref instant un peu des charmes de sa protégée. Ses jambes étaient droites et formidablement bien fuselées. Il crut entrapercevoir leur point de convergence, mais se devait être un jeu d'ombres. Il était très troublé.

Il y avait une courette que desservait le porche et en ouvrant la porte, le courant d'air provoqué les fit tressaillir. Le rez-de-chaussée était aux communs. Ils montèrent à l'étage. Il y avait un poêle en faïence du Nord, blanche et bleue, qui chauffait le premier salon à gauche. Celui-ci, à la lumière des chandelles, paraissait capitonné. Les rideaux pourpres en velours couvraient d'immenses fenêtres et drapaient la longueur de la pièce qui donnait sur la rue. Les fauteuils, conversations et canapés étaient profonds et eux aussi revêtus de velours ou de tissus très lourds. Tout paraissait chaud, feutré, moelleux. Charles-Louis avait quitté manteau, gants, chapeau, habit, gilet. Rose-Mary disparut un instant derrière un paravent. Quand elle réapparut, elle était toute nue, habillée seulement des ombres qui dansaient sur son corps par le jeu des flammes vacillantes des bougies, ce qui rendait la scène quasi irréelle pour Charles-Louis. Rêvait-il ? Rose-Mary se précipita près du poêle, elle s'y était presque adossée. Elle lui tendit les bras.

– Doux chevalier, dit-elle, avec ce suave accent anglais. Venez me wéchauffer, il fait si gwand f'oid, qu'il serait couiminel de m'abandonner. Je prends soin de mes arrièwes, pitié ! Wéchauffez-moi devant !

Le chevalier de Guez ne répondit pas. Il jeta ses bas et sa culotte, il expédia sa chemise. C'était au tour de Rose-Mary d'être fascinée et de ravaler sa salive. Sa nudité rendait Charles-Louis encore plus grand. Sans être un géant, il était de grande taille. C'est son sourire qui le rendait spontanément charmant. Il était étincelant et affichait une dentition parfaite et blanche, rare pour un homme de cet âge en cette fin du XVIIIe siècle. C'était un sourire franc et engageant, pas un de ces sourires dévoreurs ou carnassiers, seulement un sourire aimable et décidé. Si son corps portait un visage plaisant, emprunt de noblesse et de volonté, encadré, non pas d'une perruque, qui une fois enlevée, diminuait chez beaucoup la dimension et la prestance, mais de longs cheveux bouclés, argentés et fournis, portés en catogan, celui-ci était aussi bien fait que les statues de dieux grecs. Rose-Mary fixait ce qui fait de l'homme l'animal. La verge de son chevalier répondait à ses vœux. Elle s'emplissait de promesses, et se dressa, gorgée d'impatience. L'ombre portée du vit, énorme sur les tentures éclairées mettait l'excitation de Rose-Mary à son comble. Elle se livra à Charles-Louis, se donna, s'agrippa, s'ouvrit à lui autant que ses membres le permirent. Elle cherchait à approfondir toujours davantage leur corps à corps. Une fois fourbue par les charges et les assauts successifs de Charles-Louis, et quelques béatitudes, elle resta étendue, le corps en croix de Saint-André, la vulve entrouverte, conquise et reconnaissante.

Charles-Louis, repu de caresses et rompu par l'exercice, était lui aussi inanimé. Étendu près d'elle, il regardait Rose-Mary de côté. Il se disait qu'elle avait une exquise odeur poivrée et que sa peau avait le goût du sel. Elle ne lui avait pas dit son âge. Elle devait avoir trente ans. Il s'étonnait qu'un corps si léger, aux lignes si parfaites, doté de seins si modestes aux si petits tétons, d'un rose si innocent, d'un pubis si discret, planté d'un duvet si juvénile et si transparent, un corps d'ange pourrait-on dire, ait une telle voracité. « La privation du plaisir, sans doute », se dit-il. Il était toujours surpris de ces appétits soudains et avides des femmes, qui les transformaient sans transition de délicates poupées en diablesses lubriques. Puis lui vint un peu de vague à l'âme, un peu d'esprit coupable. Il eu comme un pressentiment, celui que son laisser-aller connaîtrait, quelque part, quelques effets fâcheux, comme si cet acte d'amour hors du champ conjugal pouvait amener une malédiction.

Mais autres lieux, autres règles, autre mœurs : Charles-Louis attachait cette aventure aux circonstances et non pas à une remise en cause plus ou moins consciente de son existence.

Le jour suivant, ils se promenèrent dans Londres. Rose-Mary était manifestement heureuse d'être le guide de son chevalier. Elle veillait dans son quartier à ce que l'on ne devine pas leur intimité, mais ailleurs, elle se montrait follement amoureuse. Elle lui proposa de s'installer chez elle en attendant son départ.

Il hésita un peu. Le docteur Ash ne l'interrogerait pas sur son départ anticipé, mais il avait rapidement pris plaisir d'être en sa compagnie. Et puis il ne voulait pas faire de cette aventure une liaison, fût-elle courte. Mais le charme de Rose-Mary l'emporta sur toutes considérations.

Il aimait Charlaine. Elle était pour lui un cadeau du ciel. Il était toujours tendre avec elle. C'était encore une enfant pour beaucoup de choses. Quand il lui racontait les temps anciens, ceux de ses vingt ans, de Louis XV le Bien-Aimé, des temps prospères quoique déjà incertains où on exorcisait les inquiétudes par des fêtes, dans les bonnes maisons du royaume comme à Versailles, elle le fixait de ses grands yeux et l'écoutait bouche bée. Son épouse était très jeune et n'avait connu du monde que le château paternel et les études au couvent. La toute jeune femme le connaissait depuis toujours. Les visées de Charlaine étaient simples. Sa vie avait trouvé ses perspectives avec les données de l'existence que le sort lui avait réservées. Il y avait son père, son fils et Charles-Louis. Eux trois suffisaient pour lui remplir sa vie qui comptait, aussi, un peu de religion. Elle s'efforçait de croire. Elle voulait croire surtout en l'immortalité de l'âme, et en la présence, quelque part, près d'elle, de sa défunte mère. Elle avait pris son rôle d'épouse avec beaucoup de sérieux et celui de mère, mieux encore. Henri était un enfant vif, tendre et prometteur. Charles-Louis avait abandonné la carrière des armes et vivait uniquement en propriétaire. Les événements décidèrent autrement de leur tranquillité.

Pour ne pas établir leur relation sur la méprise, Charles-Louis dit tout cela à Rose-Mary, qui semblait touché par le tableau qu'il faisait des siens.

∴

Lorsque le marquis pris congé du docteur Ash, il eurent une longue conversation. John Ash avait vécu. Il avait gravi l'échelle sociale par son travail et avait été distingué au regard de son mérite. Il n'appartenait pas à la caste anglaise des nobles, mais ses revenus faisaient tout de même de lui un seigneur, qui recevait comme tel et était considéré comme tel. Comme les membres de la haute aristocratie, il s'appliquait à défendre les arts et lettres. C'était un intellectuel et un gros travailleur. Sa réussite était de celles qui honoraient l'industrieuse Angleterre. Il voyait bien que Charles-Louis n'était pas un homme que la société avait travaillé. À l'occasion d'allusions à la franc-maçonnerie, lors de leurs échanges, il comprit que c'était là la seule école qui eût formé Charles-Louis à la vie civile et aux humanités. Il n'était pas pour autant le moins du monde condescendant. Il était même un peu intimidé par la stature de ce grand aristocrate calme et ferme, un peu hautain mais plutôt amical, légèrement maladroit mais sincère et loyal, droit dans ses bottes, comme on pourrait le dire aujourd'hui. Charles-Louis s'épancha auprès de son logeur. Il eut plaisir à se livrer à cet homme prévenant, de la génération de son père, dont la sagesse était évidente et le conseil utile.

Les événements en France le poussaient, contre son gré, à participer aux contre-offensives royalistes, mais il était convaincu de cette impérieuse nécessité. De se soustraire à ce qu'il définissait comme une obligation naturelle lui apparaissait comme une trahison envers le roi, envers sa caste, envers ses aïeux, envers les siens. Il n'avait participé jusqu'ici ni aux manœuvres, ni aux coups de main. Il craignait de devoir tuer et même blesser des ressortissants de sa chère province, fût-ce ses ennemis, qui comptaient, de plus, des ci-devant nobles qui avaient abandonné leur état, dans les faits et en esprit, le soir du 4 août 1789, et, a fortiori, ceux qu'il pouvait connaître : d'anciens amis ou des francs-maçons. Il souhaitait apporter son concours à l'armée royale par la valeur de l'exemple qu'il représentait en raison de sa qualité, et par sa solide formation militaire. Il trouvait que tout était folie, mais on était d'un camp ou d'un autre. La révolution avait choisi de le placer dans le camp des opprimés. Il ne doutait pas que la barbarie trouva bientôt de la surenchère. Il sentait que le sort du roi était scellé, et que la République fraîchement promue entrerait plus avant en guerre contre ses voisins coalisés, et qu'elle classerait comme traîtres à la patrie tous ceux qui ne participeraient pas à sa défense par les armes comme par le verbe, et que les émigrés seraient à ses yeux d'abominables transfuges.

John Ash, attaché aux libertés, à la liberté d'entreprendre, à la libre expression, ne reconnaissait pas l'idée française et républicaine de liberté. Il observait que c'était surtout la liberté d'interdire que défendait les grands acteurs et les hommes de main de la Révolution: interdire de faire, de dire et de penser, enfin, d'être. La conversation, qui dura deux bonnes heures, connut avec le temps quelques fléchissements et faillit se perdre dans des digressions et considérations subalternes. Lors de ces « récréations », Charles-Henri, qui avait observé qu'une manie, un tic ou une gêne, amenait John Ash à faire bouger sa bague qu'il portait à l'annuaire gauche avec le pouce de la même main, avait remarqué la singulière beauté de celle-ci. Elle portait une énorme pierre orangée, une intaille en jaspe rouge.

– Elle vous plaît, dit brusquement John Ash.

– Euh, oui !, répondit Charles-Louis, qui fut surpris de la question.

– Eh bien, voyez-vous, elle me plaît beaucoup aussi. Je l'ai fait faire, il y a moins de deux ans, chez un joallier remarquable, issu d'une famille d'orfèvres très réputée, James Peter, dit Little Peter. Il a son atelier dans Cannon Street à Londres, c'est proche de la cathédrale Saint-Paul. Le travail de la pierre est délicat d'autant que celle-ci est très dure. Elles portent les armes qui m'ont été concédées. Voyez, l'écu est un semis de feuilles de frêne. En effet, mon nom veut dire frêne en grec: *Ash tree*.

Il continua:

– À ce propos, j'ai entendu dire que les armoiries sont aussi proscrites en France.

– En effet, et cette décision a été prise avec l'abolition de nos droits. Partout, on a désarmé nos églises, nos châteaux, nos manoirs, nos édifices. Les pierres ont été grattées, martelées. Les vitraux des églises et chapelles qui portaient les écus de leurs protecteurs ont été brisés. Cela s'est fait avec un absurde cérémonial. Plaise à Dieu, aucun gaillard n'a osé venir au Plessis-Guezenno s'en prendre à nos marques !

John Ash, un peu curieux, lui demanda quelles armes portaient les Plessis-Guezenno. Charles-Louis, se redressant dans un mouvement sec, comme on rend les honneurs militaires, lui répondit:

Nous sommes d'une famille très ancienne. Nous avons fait les croisades. Notre terre d'origine est Kerven, aujourd'hui une petite seigneurie en évêché de Léon, au nord-ouest de la Bretagne. Nous disposons toujours d'une partie de ses terres mais nous n'y avons plus de résidence. Du temps de notre établissement, cette seigneurie était assortie des droits de haute justice avec patibulaire à quatre pots. Notre château fut ruiné par les temps, la ligue et les incendies.

C'était une belle forteresse ceinte d'épaisses murailles, défendue par d'énormes tours à mâchicoulis. Notre donjon était le plus haut de Basse-Bretagne. Notre nom patronymique est Eudeno. Avant que nous nous installâmes dans la région d'Auray, sur des terres octroyées par nos ducs, nous nous nommions Kerven, ou « de la Ville Blanche » en français, du nom de notre terre, et les aînés étaient baptisés Eudes, à l'origine du patronyme Eudeno. Enfin, je suppose. Nos armes étaient d'or à la hure de sanglier aux défenses arrachées de sable. Lorsque nous sommes devenus marquis, sous Louis le XIVe, nous prîmes les armes d'une de nos branches maternelles qui paraissaient plus belles et plus élevées : d'argent à une croix facettée de gueules portant en franc canton une fleur de lys au pied nourri de même. Quant à moi, je ne les porte pas sur moi. J'ai laissé à sa main celles que portait mon père quand il mourut. S'il me venait d'en porter sur moi, je reprendrais les armes distinctives des Kerven. C'étaient celles de notre ancêtre chevalier. Je suis attaché à ce beau titre de chevalier. La chevalerie prime la noblesse.

Sur ces mots et quelques formules de remerciement, Charles-Louis prit congé du docteur Ash qui avait rendez-vous avec le général major George Morgan. Celui-ci faisait antichambre et on l'entendait marcher de long en large dans le vestibule. Il soufflait fort, sans doute d'impatience. Charles-Louis le croisa quand il sortit. Il fut frappé par la couleur écarlate de son habit en relation étroite avec son teint sanguin, tranchant avec la blanche froideur toute britannique du militaire.

Il dit à Rose-Mary tout le bien qu'il pensait du docteur Ash. Il lui résuma leur entretien. Elle découvrit à cette occasion la qualité de son amant. Elle était sensible aux titres.

– Ah, mais vous êtes marquis ! dit-elle.

Elle souhaitait lui laisser quelque chose en mémoire d'elle, bien qu'elle compta le revoir et se sentait déjà malheureuse de le voir partir. Il lui vint une idée. Elle offrirait une chevalière quand il reviendrait, avec ses armes et une dédicace bien cachée sous l'anneau.

– Car, vous reviendrez, n'est-ce pas ? reprit-elle.

– Pourquoi pas… répondit-il en souriant. Il dessina ses armes, celles des Kerven « d'or à la hure de sanglier aux défenses arrachées de sable.

– L'idée de cette chevalière vous rapprochera de moi ! lui dit-elle, les larmes aux yeux.

Il se quittèrent. Charles-Louis lui laissa l'adresse d'un ami qui lui remettrait les éventuels courriers de Rose-Mary. Il la plaça à l'intérieur du livre que lui avait offert James Cotton et qu'il lui laissa, livre qu'il avait lu et relu compte tenu de sa mauvaise maîtrise de l'anglais, qu'il avait annoté et qui lui devenait précieux.

Charles-Louis fit quelques emplettes à Londres pour Charlaine et Henri. Il n'oublia pas non plus Mathieu, un des enfants de la Porte Noire, l'une des deux métairies du Plessis-Guezenno. Il avait pour cet enfant au seuil de adolescence un faible particulier. Il trouvait qu'il lui ressemblait quelque part et celui-ci prenait, de son côté, manifestement plaisir à le voir et à l'entendre. Il acheta des gants de soie pour Charlaine, un pantin de bois articulé, un volant avec de belles plumes de couleur et deux solides raquettes afin qu'il pût jouer avec sa mère, pour Henri, et une belle chemise de laine pour Mathieu, dont c'était bientôt l'anniversaire, presque à Noël.

∴

Mathieu vivait avec ses deux frères aînés auprès de sa mère, Marie, et son père, Claude, dit « Petit Claude ». Ce dernier avait eu une attaque, l'année de la naissance de Mathieu. Oui, c'était au début de cette année-là. Il était, depuis, aphasique et presque grabataire. Il n'y avait pas trop des trois garçons pour le comprendre et pour le déplacer, du lit à la chaise, chaise que l'on portait au dehors de la maison pour lui faire prendre l'air, que l'on rapprochait de la table pour lui donner à manger et à boire, une chaise percée compte tenu de son état et des lois naturelles.

« Gros Georges », un commis fort rustique s'était arrogé ou s'était vu concéder, avec le temps, de l'autorité. S'il était timide à son arrivée à la métairie, alors qu'il avait vingt-cinq ans, qu'ensuite il fut rossé à l'occasion par son maître sans qu'il ne bronchât, il s'était progressivement affirmé depuis l'accident de celui-ci. Il était travailleur, mais buté. Il ne donnait pas de souci, sinon les dimanches en fin d'après-midi lorsqu'il avait passablement bu. Là, il cherchait à se bagarrer à la taverne du bourg. Il frappait aussi volontiers les trois enfants de son maître. Celui-ci, qui le voyait faire, le maudissait, impuissant. Mathieu en était plus victime que ces frères. Gros Georges ne le supportait pas. Il trouvait qu'il avait des manières : il voulait faire « son Monsieur », disait-il. Il lui reprochait d'aimer les livres que le curé et Charlaine lui prêtaient. Ainsi lui décochait-il, sans autres motifs, des coups de pied ou de poing à la volée, comme il cognait le dos des vaches sans raison. Charles-Louis le savait et un jour, le prenant sur le fait, l'avait fessé de son fleuret. Gros Georges n'avait pas osé se rebeller, mais il gardait à son encontre, Charles-Louis le sentait bien depuis, de la rancœur. Gros Georges le regardait d'un mauvais œil, qui ne laissait pas, d'ailleurs, la marquis indifférent. Il se demandait s'il ne se vengerait pas un jour et comment, ces temps chahutés étant riches en occasions.

Marie, la femme du métayer était plus jeune que son mari d'une vingtaine d'années. En épousant son mari, elle avait épousé la métairie et ses beaux-parents qui y vivaient aussi. Le père avait passé la main au fils, comme cela se faisait couramment. Elle était issue d'une famille nombreuse et très pauvre du littoral, qui vivait de la mer : poissons, coquillages, débris rejetés par la mer sur la côte. À quatorze ans, son père lui avait trouvé un emploi dans une taverne de Port Blanc et lui prenait son modeste salaire, qui se résumait à quelques pièces par jour. Elle y faisait le ménage et servait à boire. Comme toutes les tavernes à l'époque, c'était un endroit où les femmes qui y vaquaient se faisaient chahuter, surtout quand elles étaient bien faites et ne manquaient pas de rondeurs. Ce fut un officier de la Royale de passage qui la déniaisa, ou plutôt abusa d'elle. Elle eut de lui ou d'un autre, un enfant, son premier garçon. Elle avait tout juste seize ans. Le père, s'il avait eu à connaître sa paternité, ne s'était pas embarrassé d'elle et de sa progéniture. Ronde de ses œuvres, elle ne put continuer son service. Son ventre affichant le déshonneur familial, elle fut blâmée et rejetée par les siens. Pour subsister, elle errait à la recherche d'un peu de nourriture qu'elle n'osait pas demander. On la voyait glaner quelques déchets lorsque le marché hebdomadaire avait quitté la place, mais on ne savait pas où elle se cachait pour dormir. Fort heureusement, le curé de Port Louis la prit sous sa protection. Sa gouvernante avait été émue par cette toute jeune femme qu'elle avait remarquée et qui était à la merci du temps et des temps. Après avoir convaincu le curé de cet impératif devoir de charité, elle alla rechercher Marie qu'elle conduisit à la cure comme on ramasse un petit chien perdu ou abandonné. Marie accoucha au presbytère.

Le curé avait ses aises chez quelques familles nobles du diocèse. C'est auprès d'elles qu'il chercha le moyen d'établir Marie et son rejeton. Le père de Charles-Louis était un ancien soldat, roide du dehors mais souple et tendre sous le cuir racorni. Il fut ému du sort de cette fille. Un de ses métayers avait un fils unique qui n'avait pas l'air de savoir approcher les filles, dont il avait, selon Charles-Louis qui l'avait observé, une peur panique, ce qui désolait ses vieux parents car pour eux comme pour les gens de leur milieu, la famille a aussi pour vocation de donner des bras pour le travail des champs. Il y eut mariage. Ce soir-là, le nouvel époux se saoula et la nuit de noce ne fut pas des plus réussies, avec vomissements et grossièretés. Peut-être que ce mauvais départ eut des conséquences.

Marie était-elle peu entreprise par Petit Claude ? Avait-elle un tempérament insatisfait ? Ce qui est sûr, c'est que son mari en portait. Elle fit quelques efforts pour le cacher du temps de ses beaux-parents, mais lorsque ceux-ci disparurent, elle prit moins de gants. Elle devait être exhibitionniste, ce pouvait être une explication. Fille de la mer, elle savait nager et l'été, elle allait se baigner nue au bout de l'étang, juste en amont de la vanne qui gérait la retenue, là où l'étang avait sa meilleure profondeur et où l'eau était la moins stagnante. Ceci se sut et excita la curiosité. Le temps passa. Charles-Louis rentrait de temps en temps, quand son régiment le lui permettait. Il n'avait pas de vie amoureuse bien fixée et pas de scrupule vis-à-vis de Petit Claude qu'il trouvait veule et faux. Et de plus, c'était le maître, et lui, au moins, se lavait. Un jour de passage à la métairie de la Porte Noire, alors qu'il n'y avait que Marie qui faisait des confitures, penchée sur une grosse bassine de cuivre, il la prit sans plus de façon et elle se laissa prendre sans manières. Avec le temps, Marie fit deux autres enfants et prit du poids. Elle n'en était pas moins appétissante. Elle savait faire valoir ses appâts et ne ménageait pas les occasions de s'ouvrir à autrui. Quand son mari fit son attaque, elle prit d'abord pitié de lui, mais la corvée que recouvra l'accompagnement du malade et les griefs à l'encontre de celui-ci qu'elle avait dû engranger la rendirent sinon odieuse, du moins peu amène envers lui. Déjà, à voir Gros Georges prendre de l'assurance, l'on pouvait penser qu'il prenait une part de sa rémunération en nature. Un gros paysan du coin avait rapporté un jour à ses compagnons de beuverie qu'apportant un sac de pommes à la métairie, la Marie l'avait provoqué et qu'il l'avait saillie sur la table, et que demandant où était Petit Claude, et comment il allait, il découvrit qu'il était dans son lit de l'autre côté de la cloison en bois. Certains disaient même qu'elle faisait ça devant les enfants ! Charles-Louis la besogna souvent jusqu'à la venue de Charlaine, sans grands préalables, sans plus de précautions non plus, là où la rencontre se produisait. Celle-ci ne manquait jamais de piment. Marie n'était pas soucieuse de confort et brillait par son imagination pour animer leurs ébats... Mathieu avait été conçu à un moment où on pouvait s'interroger sur l'identité de son auteur. Charles-Louis devait sans doute se poser encore la question.

Chapitre XI

UN DRAMATIQUE RETOUR

Charles-Louis trouva le 17 novembre, sans difficulté, le capitaine du « Saint-Pierre » à Plymouth. Celui-ci était particulièrement excité, anxieux. Il lui dit qu'il avait un pressentiment, qu'il se sentait surveillé. Il avait aperçu, en quittant le quai de Roscoff, un petit groupe qui semblait désigner son bateau du doigt et d'une longue vue. Il avait pris soin de ne laisser personne sur le pont, mais peut-être que quelques allées et venues de ses passagers avaient été remarquées. Ils étaient huit. Ils venaient du département du Morbihan - c'était dorénavant comme cela que l'on faisait la géographie de la France, par départements - où il y avait eu les jours derniers une nouvelle vague d'atrocités dont avaient été victimes quelques nobles, des recteurs et des religieuses. Les femmes n'avaient pas été épargnées et quelques-unes avaient été souillées.

La traversée fut douloureuse : froid, embruns, pluie, vagues sur le pont, déchirure de la voile. Charles-Louis dut même donner un coup de main à l'équipage. Il arrivèrent toutefois à Roscoff, sains et saufs, et sans avoir été inquiétés en chemin. Sans doute en raison du mauvais temps.

Charles-Louis se remit de son voyage chez les Chastenet, dans leur hôtel particulier de Saint-Pol. Ils y vivaient un peu barricadés. Monseigneur de La Marche les avait suppliés d'émigrer. En fait, ils faisaient de leur demeure un relais. Ils tenaient nourriture et chevaux à disposition. Ils avaient récupéré Sultan et Bérénice, les deux montures de Charles-Louis laissées en pâture au manoir de Kerestat en Roscoff, qui était à Louise-Claude de Lescouet, l'épouse de Charles-Marie de Kerguiziau de Kervasdoué, un intime des Chastenet. Madame de Chastenet, née Malbec de Lanrus, appartenait comme son époux à une vieille famille de Saint-Pol. Son grand-père, Guillaume, avait été syndic de Saint-Pol à la fin du XVIIe siècle. Jusqu'ici, sans doute en raison de leur enracinement, ils n'avaient pas connu d'ennuis majeurs. Gardé à dîner et condamné à passer la nuit chez eux, Charles-Louis, fourbu, leur fit néanmoins la conversation. Il raconta comment les émigrés s'organisaient. Il trouvait beaucoup de confusion dans leur esprit. Quant aux Anglais, il ne croyait pas aujourd'hui en leur soutien.

– Ils ménageront la communauté française, mais à titre conservatoire. Et puis, ils gardent du ressentiment envers la France et le roi après leur défaite en Amérique, dit-il.

Après dîner, ils allèrent au salon prendre une liqueur. Sur la côte de Roscoff à Saint-Pol, on appréciait les liqueurs. Elles faisaient l'objet d'un intense commerce, avec d'autres spiritueux et le vin, entre Cadix, Bordeaux, les villes portuaires anglaises et irlandaises, et Roscoff. À la longue, ce commerce avait gagné le marché local. On parla aussi des courses, des corsaires locaux. Charles-Louis, qui regardait avec un intérêt qu'il n'arrivait pas à masquer, un tableau qui paraissait être de famille, sur lequel figurait en pied avec d'autres enfants, un jeune Nègre, fut averti par ses hôtes de son histoire. Il s'agissait d'une prise…

– D'une prise ?!

Charles-Louis fut confondu. Ce qui excita sa curiosité.

– Oui ! d'une prise corsaire, lui répondit Madame.

Et de lui raconter.

Ce petit bonhomme, culotte vert d'eau et pourpoint rose, qui caresse un petit chien et que les autres enfants regardent avec tendresse, avait été embarqué alors qu'il avait cinq ans d'une île africaine de la côte ouest sur le navire nommé « le Benedy » de Boston pour passer en Angleterre. La frégate roscovite baptisée « La Dauphine », commandée par le sieur Du Bois de la Marque, prit le navire au début du mois de mai 1708. Au nombre des captifs, il y avait ce petit Africain qui ne parlait pas un mot d'anglais ou de français. Il ne pouvait être question d'invoquer le droit des personnes. Il revenait au capitaine. Celui-ci en fit don à la grand-mère de madame de Chastenet qui l'éduqua et en fit un bon chrétien. Il fut prénommé Jérome-François, surnommé Balthasar et baptisé par le curé de Roscoff le 5 octobre 1709. Il devait son prénom à son parrain, Jérome Clerecq, sieur de Kerangon, et son surnom au mage adorateur de l'enfant Jésus. Il vécut toute sa vie auprès de ses parents adoptifs, puis de leurs enfants. Il avait la réputation d'être gourmand. Il semblait être content de son sort.

Madame de Chastenet chercha spontanément chez un de ses convives le témoignage ou plutôt le souvenir de ce qui pouvait apparaître comme un conte. Il y avait à table un Du Bois de la Motte, un descendant ou un parent direct du capitaine Du Bois de la Marque, qui lui aussi, allait se rendre avec son frère à Jersey. Elle alla ensuite chercher la copie de l'acte de baptême de Balthasar. Le curé qui l'avait rédigé rapportait les conditions de son arrivée et citait Jérome-François comme « Nègre de nation », ce qui interpella Charles-Louis, qui entendait, comme tous ceux de cette époque, en appeler, à tout bout de champ, à la défense de la nation. Il songea aussi au sort de cet enfant arraché aux siens, qui semblait avoir été joué aux dés. Il pensa à la vulnérabilité des enfants en général, que chacun devrait protéger comme les siens. Il pensa à Henri et eut un sourire de satisfaction en l'imaginant, demain ou après-demain, lui sauter au cou et deviner ce que cachait le paquet qu'il lui avait rapporté.

Il partit tôt et ne ménagea pas ses montures. Il montait l'une, qu'il poussait à un galop effréné, quand il soulageait l'autre. Il alternait le rôle de chacune environ toutes les deux heures. À ce rythme, il fut vite à Carhaix, où il les fit reposer. Paysage de landes et de genêts, il ne s'arrêta sur le chemin qu'à Berrien pour remettre au recteur de la paroisse, le sieur Kernaleguen, un pli de Monseigneur de la Marche avec qui il entretenait une correspondance suivie depuis un an, depuis son exil. Ils parlèrent un peu des conditions de vie et de travail de celui-ci, du rôle qui lui avait été attribué au sein de la communauté des émigrés. Il avait trouvé refuge chez madame Lillburne à Londres où il recevait beaucoup. Son adresse était bien Queen Street, n° 10, Bloomsbury square. Il administrait au mieux les affaires de son évêché de Léon, à distance. Mais, il n'était parti que depuis peu. Il était soucieux de Château

Gaillardin, son cher manoir de Plougoulm qu'il avait acheté voilà vingt ans et où il avait lancé la culture de la pomme de terre dans la région. Celui-ci allait sans doute être confisqué ! Il pouvait toutefois toujours compter sur des appuis sûrs dans le nord de la province. En fait, son influence maintenait une bonne partie du Léon dans l'anti-républicanisme, alors que le reste du Finistère était acquis à la chose républicaine. Charles-Louis attribuait aussi la fidélité des Léonards à la cause royaliste au fait que ceux-ci sont conservateurs par tradition locale. En Léon, chacun naît à un état et il doit y demeurer : chacun à sa place. Ainsi, Dieu l'a voulu. Il était aussi coutume de donner au moins un de ses enfants à la religion, que l'on soit aristocrate, paysan, marin ou commerçant. On ne pouvait renier ni les siens, ni Dieu, ni son roi…

Il arriva vers minuit au Plessis-Guezenno. Nous étions le 23 novembre. Il pleuvait fort. Le manteau et la cape de cuir de Charles-Louis gorgés d'eau étaient lourds à porter et ne le protégeaient plus, lui-même était transpercé par l'humidité, et il avait du mal à bloquer son grelottement. Les chevaux n'en pouvaient plus. Arrivé sur le tertre du manoir, il prit soin de les mettre sans attendre à l'écurie et de les frictionner. Il était tard. Il n'y avait pas de lumière au Plessis-Guézenno. On devait dormir. Et puis Charlaine allait se réveiller, se vêtir à la hâte, venir à l'écurie et se précipiter sur lui. Elle allait rire, elle allait pleurer de joie !

Mais elle ne vint pas.

Charles-Louis trouva la porte du manoir fermée et commença à être inquiet. Étaient-ils à Kermalvezin, chez la marraine d'Henri ?

Il y avait un double de la clé caché dans les écuries. Il alla promptement la chercher. Il entra dans la grande salle du manoir. Il fut intrigué par la poignée de cierges qui se trouvaient sur un guéridon près de l'embrasure de la première fenêtre, à droite en entrant.

Une odeur de bougies consommées imprégnait l'atmosphère, qui lui devint pesante. Il se mit à transpirer. Il alluma fébrilement la grosse lanterne suspendue. Il s'était passé quelque chose. On avait nettoyé les murs. Plutôt, il y avait des traces de nettoyage sur les murs. Là, sa vaisselle armoriée des Indes n'était plus dans le dressoir. Le grand tableau de la salle qui mettait sa famille en scène semblait avoir été lacéré sur le côté droit et grossièrement raccommodé.

« Qu'est-ce à dire, mais qu'est-ce à dire ! » se dit-il.

Charles-Louis monta à l'étage et courut de tous côtés. Personne... Sinon une drôle d'impression... Il sortit et fila à la Porte Noire. Il y avait encore de la lumière, une faible lumière, celle d'un bougeoir qui se trouvait sur la table. Il entendait sangloter à l'étage. Il ouvrit, le lit de Petit Claude était libre. « Il est mort ! Voilà pourquoi les pleurs ! » pensa le marquis. C'étaient des sanglots d'enfant, ceux de Mathieu qu'essayait de consoler Yvon, un garçon de ferme dont on ne pouvait pas faire grand-chose sinon le faire participer à la vie de la métairie, un pauvre garçon, simplet, un peu bossu, malingre, qui sautillait plus qu'il ne marchait. Il ne liait pas les mots entre eux. Il fallait l'avoir pratiqué un moment pour le comprendre. Il avait quelques passe-temps, qui variaient avec les saisons. L'été, il attrapait les sauterelles et les grillons qu'il mettait dans des boîtes à trous. L'automne, il faisait des poupées rudimentaires avec des pommes de pin, des marrons et des baguettes de bois. L'hiver, il grattait, plus qu'il ne sculptait, des branches de saule. Il offrait ses bâtons à Noël où à d'autres occasions pour faire plaisir, il attendait alors les remerciements en ouvrant de grands yeux allumés de malice, et en était ravi. Enfin, au printemps, il faisait des colliers de fleurs sauvages qui ne duraient que le temps de les faire. Il restait aussi souvent assis sur ses talons, au bord d'un champ, au bord d'une allée, au bord de l'étang et il musardait là, le chapeau enfoncé jusqu'aux oreilles. On ne pouvait deviner ce qu'il pensait ou ce à quoi il rêvait. Il était toléré par les rustres. Il permettait à ceux qui le prenaient en compte et l'assistaient de faire acte visible de charité. Il était aimé des enfants.

Charles-Louis gravit l'escalier et trouva Mathieu assis près d'Yvon, qui, les fesses sur ses talons, avait passé le bras autour du cou de l'enfant. Quand il vit Charles-Louis, Mathieu fut comme effrayé. Il se leva d'un bond.

– Monsieur le Marquis, Monsieur, je... Je... avança-t-il en s'étouffant avec ses sanglots. Vous êtes revenu. Nous connaissons un grand malheur !

– Ton père, c'est ça…
– Oui, c'est ça, mais…
– Mais quoi ? Allons, dis !
– Ils ont tué Madame et le petit monsieur est mort…

Il y a des moments auxquels on ne croit pas. L'enfant se jeta dans les jambes du marquis qu'il serra de toutes ses forces. Il prit la main de Charles-Louis, respira profondément. Il raconta comme il put :

– C'était il y a huit jours. C'était vers 8 heures du soir. Petit Claude était mal. Il toussait. Il s'étouffait. Mes frères et Yvon coururent au manoir s'en aller quérir Monsieur le curé. Moi, avec mère, nous tenions sa tête relevée, mais c'était pire. Il avait des grognements de gorge et ses yeux se renversaient. Il faisait des gestes avec ses mains, mais on ne comprenait pas. Puis il nous a montré le crucifix. Il devait se sentir partir. Monsieur le curé dînait avec Madame et le petit monsieur. Il arriva très vite. Il dit que Madame allait venir avec sa valise de remèdes. Gros Georges s'en est allé rapidement chercher, dit-il, un médecin, avec la jument baie. Il avait entendu dire qu'il y avait un chirurgien de l'armée qui était venu panser des patriotes d'une petite compagnie qui campait à une lieue. Quand il revint, il s'était passé quatre heures, mais il était seul. Il dit que le chirurgien et le campement n'étaient plus là.

Puis, se remettant à pleurer :

– Petit Claude a cassé sa pipe au moment que Gros Georges arrivait. Il s'est redressé à ce moment-là. Ces yeux étaient devenus énormes. Ils paraissaient méchants comme s'ils voulaient maudire Gros Georges, qui eut d'ailleurs un mouvement de recul. Et puis, il est retombé et c'était fini.

Charles-Louis, avec brusquerie :

– Madame, Henri… Qu'est-il arrivé ?

Mathieu baissait la tête.

– Yvon est arrivé. Gros Georges, lui a demandé d'où il venait. Yvon était apeuré et ne répondit pas. Il n'était pas dans son assiette. Il avait envie de vomir. Il n'arrivait pas à sortir un mot. Le curé, qui était remonté, est redescendu en criant. Nous sommes tous montés, sauf mère. Madame avait été battue. Il y avait du sang partout : sur les fauteuils, la table, les murs. Madame, disait

Monsieur le curé, avait dû recevoir des coups de sabre, et ils lui ont fait des méchancetés, des choses, des choses sales...

Yvon, qui regardait Charles-Louis avec des hochements de tête, fit et répéta des gestes pour remplacer la parole qu'il ne maîtrisait pas. Il balança les bras pour mimer l'horreur. Il s'était caché pendant l'agression et le viol, mais il avait dû tout voir.

– Et Henri... dit Charles-Louis, étranglé par l'émotion.

– On l'a cherché partout. On a pensé qu'il s'était sauvé. On a cherché partout. C'est seulement le lendemain que Monsieur le curé a eu l'idée de fouiller dans le grenier, son petit chien qui le suit partout est venu gratter en jappant une grosse malle noire. Il était dedans. Il s'y est caché. Soit il a étouffé, soit il n'a pas pu ressortir et il est mort étouffé aussi...

Dans la minute, le marquis se trouva comme roué de coups. Il ne se serait pas trouvé de mot pour qualifier sa douleur.

– Et où sont-ils tous les deux ?

– Au ciel, je pense, Monsieur...

– Oui, bien sûr, mais qu'a-t-on fait d'eux ?

– Ils sont dans la chapelle. Ils sont à côté de Monsieur votre père et de Madame votre mère.

– Mais il n'y a que le cercueil de plomb que j'ai fait faire au cas où il m'arriverait quelque chose...

– Oui, c'est dans ce cercueil qu'on les a mis tous les deux.

– Mais où sont tous les autres, et Monsieur le curé ? Qui a fait ça ?

– Les autres sont partis à la Retenue. Il y a eu aussi un décès là-bas, c'est un petit, et ils sont à la veillée. Monsieur le curé, lui, il est parti avec le père de Madame. Il ne voulait pas le laisser repartir seul. Il était sonné. Pour sûr, il était sonné. Mais après, il voulait tuer tous les patriotes. C'est certainement un coup des patriotes. Des ivrognes pour sûr. Ils ont ouvert la barrique que Monsieur a fait venir pour fêter la Noël... Et ils ont cassé toute la vaisselle de Monsieur.

Le marquis rentra au manoir, prit les paquets qu'il avait ramenés d'Angleterre. Il remit la chemise de laine à Mathieu, qui l'enfila d'un seul geste. Il amena le reste à la chapelle, une lanterne à la main. Mathieu le suivit. Yvon n'osa pas. Ils descendirent dans la petite crypte. Sur le cercueil, il y avait un gant, un grand gant d'homme, un gant de qualité. Le père de Charlaine avait dû laisser son gant pour symboliser la main qu'il lui tendait. Dans ces moments de douleur, de déchirement, de séparation définitive, nous nous abandonnons et nous viennent des gestes qui n'ont de sens que pour nous-mêmes. Charles-Louis déposa les gants de soie, le pantin de bois, le volant et les raquettes sur la sépulture et s'effondra en larmes. Il revoyait « en boucle » Charlaine danser sur le perron, tourner sur elle-même avec Henri dans ses bras. Jamais, elle ne l'aurait confié à une nourrice. Il voyait et entendait Henri, accroupi devant une nichée de petits chats allaités par leur mère dans un panier à linge, sous la table de la buanderie, lui dire :

– En tout cas, il faut tous les garder, il ne faut même pas en noyer un. Ce serait un grave péché car j'ai donné à chacun un nom de nos saints vénérés.

Et encore :

– On diroyt que je sera le roi, j'auroy pas marié une Autrichienne, j'auroy marié une Bretonne, une Bretonne ça n'est pas une étrangère !

Il pleurait. Mathieu se retira doucement.

∴

À partir de ce jour, le marquis ne fut plus le même. La lignée des anciens sires de Kerven allait s'arrêter là, bientôt, avec lui. Il n'avait plus à protéger les siens. D'ignobles bêtes avaient eu raison de leur destinée, de la sienne et de sa race. Ainsi, les plus beaux partis comme les plus belles causes pouvaient être visés, condamnés, atteints, piétinés et détruits par des esprits médiocres, des gens sans foi et sans honneur, des brutes immondes. Sa vie avait perdu son sens. Il n'avait plus à répondre de ses actes et de sa vie envers les futures générations. Défendre ses droits et ses biens avait aussi perdu du sens. Il ne lui restait plus qu'à veiller sur la nécropole familiale. Et puis non, jusqu'à sa mort, le Plessis-Guezenno resterait le temple de sa vie et le tabernacle qui abriterait l'âme des siens. Ce tableau qui les réunissait cristallisait leur union.

Pour Charles-Louis, tout était devenu gris : le manoir n'abritait plus que des ombres et ses grandes fenêtres étaient devenues opaques. Ils étaient d'un coup bien loin les temps où celles-ci divinisaient la lumière qui pénétrait gaillardement à l'intérieur, illuminait sa vie et celle du Plessis-Guezenno, et dont les rayons balayaient peintures et boiseries, faisaient papillonner la poussière, donnaient de la flamme au mobilier et faisaient briller les sols. Il aimait alors s'entendre marcher sur les vénérables dalles de schiste de la salle que le temps et les pas avaient satinées et sur ce beau parquet « à la Versailles » aux chaudes tonalités ambrées des salons, qui répondait élégamment au chatoiement des plafonds à solives. Il prenait plaisir à déambuler et gravir les escaliers à vis de granite, il en aimait leur coloration brunâtre et chaude dont les avait gratifiés le temps, et leur sonorité sous le martèlement de ses bottes. Il prenait plaisir à se retrouver dans sa chambre d'enfant, au sommet de la tour Est, à s'adosser à ses murs nus creusés par de profondes embrasures voûtées d'où s'ouvraient sur la mer de grandes fenêtres à meneaux. Il y revenait de temps en temps l'été faire une sieste dans son petit lit à baldaquin et renouer avec son enfance. Il y entraînait Charlaine... Cette pièce austère faisait peur à Henri.

Il écrivit au docteur Ash et à James Cotton quand il en eut le courage. Il avait besoin de dire son malheur. Il le fit à ceux qui lui avaient prêté attention et auprès desquels il s'était ouvert en confiance, sans la pudeur ou la retenue qu'il opposait lors des conversations avec ses amis français, en raison des usages de dignité qu'il partageait avec eux, et des règles de prudence, qu'il fallait observer en ces temps troublés. L'éloignement et l'absence d'emprise ou d'enjeux l'avaient conforté dans ses confidences. Il ne pouvait leur taire ce qu'il souffrait aujourd'hui. Il n'écrivit pas à Rose-Mary. En s'y employant, il aurait eu le sentiment de trahir Charlaine post-mortem.

Il eut de l'un comme de l'autre des nouvelles et l'assurance de leur soutien. Ils lui ouvraient l'un et l'autre leur demeure pour le lui manifester.

Charles-Louis se terra. Il alla voir son vieil ami Pierre de Préaubert. Déjà bien malade, la mort de sa fille l'avait touché au cœur dans les deux acceptions du mot. Il était très mal en point et les médecins le voyaient bientôt rejoindre sa fille et son petit-fils. Son fils, Alain-Jean, qui avait hésité entre la défense du pays qui lui apparaissait vitale et l'armée royale, qu'il comprenait mal, se décida à la mort de sa petite sœur à la venger et de venger toutes les autres innocentes victimes de la barbarie républicaine. Avant cela, il aurait été fier de triompher de l'ennemi avec ces jeunes soldats pour la gloire de la France. Il se décida à émigrer et, malgré lui, le sort en avait décidé, à soutenir bientôt la coalition.

Le marquis ne trouvait pas au fond de lui ce besoin irrépressible de venger les siens, comme c'était le cas chez les Préaubert. Il l'aurait voulu, cela l'aurait distrait de sa douleur et lui aurait donné un but qui l'aurait dopé. Non, il était anéanti. Il sentait ses entrailles le tirer en arrière, l'empêchant d'avancer. Il aurait voulu se fondre dans l'air : ne plus exister.

Chapitre XII

LES INTRUS DE LA CHAPELLE ET LES TEMPS TRAVERSES

Pourtant, un événement sortit le marquis de son anéantissement. C'était le 22 janvier 1793, Port-Louis était en émoi. Charles-Louis, qui ne prenait part à l'action royaliste à cette date que par le renseignement, s'y était rendu pour repérer les endroits propices aux débarquement d'armes, de munitions et de vivres, et était dans la place. La nouvelle se répandait que le sort réservé au roi était la mort. C'était le lendemain de son exécution, mais on ne le savait pas encore. Georges Jacques Danton, celui qui ne s'était prononcé contre la monarchie qu'en juin 1792, qui, ministre de la Justice, avait donné sa bénédiction aux massacres de septembre, et qui n'eut pour seul mérite, plus tard, que celui d'avoir condamné la politique de déchristianisation des ultra-révolutionnaires, les « enragés », soumis peut-être à un chantage quelconque, avait demandé à l'Assemblée, et obtenu d'elle, l'adoption du scrutin à la simple majorité, soit la moitié des voix plus une, pour décider du sort du roi. Selon les gazettes, sur sept cent vingt et un députés présents, trois cent soixante et un optèrent pour l'échafaud, soit la majorité plus une voix. Laquelle ? Celle d'un des soixante-cinq frères jacobins qui votèrent la mort ou celle du duc d'Orléans ? Celle d'un profane ? C'est une des questions déchirantes que se posaient Charles-Louis. Il trouva la réponse : chacun d'entre eux avait pris l'entière responsabilité de la sentence. Ils étaient, tous, le trois cent soixante et unième ! Il était triste pour les frères parjures.

Il avait écouté autour de lui et parcouru les gazettes du jour, surtout la gazette nationale. Bien que la région fut, pour ainsi dire, toute acquise à la cause royaliste, des groupes exultaient d'une joie malsaine, à la lecture d'articles vengeurs, obscènes, morbides, putrides et aux commentaires qui s'en suivaient. Le vin et la gnole coulaient à flot dans les gosiers, dans les tavernes et hors de celles-ci, entre les acclamations et les vitupérations. Cela criait, cela chantait, cela applaudissait sordidement à la mort. « Il feront peut-être de bonnes cibles pour les chouans », se dit-il. Mais ces derniers ne traquaient que la troupe.

Charles-Louis avait, par ce spectacle, la chair de poule. Il avait déjà une aversion pour la liesse populaire, alors imaginez l'horreur qu'elle lui inspirait quand son objet était, comme ici, le meurtre ou l'assassinat !

Ces excités pris de boisson avaient tous la berlue et voyaient des Blancs partout, des traîtres à la nation partout, des comploteurs contre la Convention partout. D'excités qu'ils étaient, ils pourraient bien faire des forcenés, c'est ce que se dit Charles-Louis, qui pouvait à un moment ou à un autre être pris à parti, en raison de sa différence.

Aussi décida-t-il de ne pas attendre un incident quelconque qui le mettrait en cause. Il devait voir Guillaume Ladoux au bourg de Penmern. C'était un solide garçon acquis à la cause royaliste, discret, franc et loyal, que lui avait recommandé Alain-Jean, le frère de Charlaine. Charles-Louis pouvait faire de lui, non pas un régisseur, mais son homme de confiance qui résiderait au manoir en son absence. Il vivait chez sa vieille mère qui venait de décéder, depuis que celle-ci se trouva fort malade. Il avait un peu d'instruction. Il avait travaillé pour le compte de religieuses chassées de leur couvent, puis guillotinées à Nantes. C'est lui qui avait dit au frère de Charlaine, qui le rapporta à Charles-Louis, qu'elles étaient montées à l'échafaud, blanches, belles et fières, les mains jointes, en chantant un chant religieux très ancien, le *Salve Regina*..., qui date de la première croisade ! L'évocation de ce chant aux vertus salvatrices avait remué étrangement et profondément le marquis.

Il rentra au Plessis-Guezenno à la nuit, mais la nuit tombait tôt. Il était passé voir, comme convenu, Guillaume Ladoux, qui accepta son offre. Manifestement, pour autant que leurs qualités respectives puissent établir un espace pour les sentiments, Guillaume Ladoux plut à Charles-Louis et Charles-Louis lui plut. Ladoux était présent aux obsèques intimes de Charlaine et de Henri. Il avait soutenu Alain-Jean de Préaubert et son père dans ces moments terribles. Il connaissait donc l'endroit et avait fait connaissance des gens de La Porte Noire et de la Retenue. Il arriverait le soir même, mais sans doute assez tard, avec son cheval de trait, un postier, un balluchon et quelques outils.

Quand le marquis monta l'allée qui menait au manoir, détrempée et boueuse en certains endroits, il remarqua des traces de roues de charrette. Ceci l'interpella. Arrivé sur le tertre, il remarqua que ces traces fraîches continuaient leur chemin dans la direction de la chapelle, derrière le manoir. En se rapprochant de celui-ci, il rencontra Mathieu qui ne semblait pas fier, parce que tout d'abord, la nuit était tombée et qu'ensuite, il avait entendu du bruit. Il était aux aguets mais n'osait pas s'avancer davantage en direction de la chapelle d'où semblaient venir ces bruits. Charles-Louis descendit de cheval, mit la main sur l'épaule de Mathieu, qui tressaillit.

– Que se passe-t-il ? demanda le marquis.

– Monsieur, je ne sais. Il y a des voix. J'ai cru entendre le Gros Georges. Il n'était pas à la Porte Noire aujourd'hui. On est venu le chercher vers 10 heures, ce matin. Je crois bien qu'ils étaient plusieurs.

– Mais d'abord que fais-tu là à cette heure ?

– Comme j'ai pas trouvé Gros Georges et que ma mère avait besoin de lui, que mes frères ont dit de Gros Georges que c'était un gros goret, et que les gorets ça va avec les truies et que s'il était crevé dans un fossé, d'un mauvais coup ou d'avoir trop bu, c'était bien fait. Ma mère a eu sa grosse colère. Elle nous a chassé tous les trois. Eux, y sont partis j'sais pas... moi, je suis venu à l'écurie voir le poulain de Bérénice. Et puis, j'ai entendu une charrette pas loin et puis maintenant, j'entends du bruit qui vient de vers la chapelle.

Charles-Louis vint à l'écurie y conduire son cheval. Il lui retira selle et tapis. Il tendit à Mathieu son fusil de chasse pour s'en désencombrer. Il s'en séparait rarement dans ses déplacements, car c'était un bon deux coups et que c'était un bon compagnon. Il prit une lanterne à l'écurie et s'avança en direction de la chapelle. Puis, en se rapprochant, le bruit avec l'écho de la chapelle s'amplifiait pour devenir un puissant vacarme. Un tombereau était là, l'arrière presque contre la porte, comme s'il attendait son chargement.

Le marquis se précipita. Il y avait là un groupe d'énergumènes excités et avinés, qui s'employait dans le plus grand désordre à faire le plus grand fracas et la plus grande casse. Charles-Louis ne reconnut aucun d'eux, mais confusément et spontanément, il eut la conviction qu'il avait affaire aux meurtriers de sa femme et de son fils. Il devint fauve. Il se jeta au centre de la chapelle. Un de ces énergumènes tentait d'arracher le grand crucifix de bois fixé au mur du dos de l'autel avec un pied de biche ou un engin qui en tenait lieu, d'une main, ce qui n'était pas aisé, une torche de l'autre main. Celui-là, qui ne s'attendait pas à un quelconque dérangement, se retourna. Le marquis n'avait pas mis la main à la garde de son épée depuis longtemps. Son épée, courte, damasquinée et dorée, était une épée d'apparat dont la vocation n'était pas de la croiser, sinon peut-être dans le cadre d'un petit duel de salon, pour égratigner un inconvenant. Il la défourra et transperça le scélérat au cœur d'un seul geste, brisant sa lame sur le mur, sans que celui-ci ne cria ni ne geignit. Il avait compté quatre blasphémateurs. Les trois autres arrachaient peintures religieuses et statues. Ils se ruèrent sur lui en criant : « C'est le ci-devant marquis ! C'est le ci-devant marquis ! » Ils connaissaient donc Charles-Louis pour l'avoir surveillé. L'un d'eux trébucha et tomba, la tête à ses pieds ; un grand coup de botte ferrée eut raison de lui. Quant aux deux autres, il eurent respectivement à connaître de leurs vis-à-vis les deux pistolets chargés du marquis. En moins de cinq minutes, plus de bruit et quatre morts. C'était surréaliste. Il y avait lieu de penser que tout était fini, mais Charles-Louis n'avait pas vu que la trappe qui donnait accès à la crypte avait été relevée. Quelqu'un sortit derrière lui, prêt à lui asséner un coup de pioche sur la tête. Un coup de feu, deux coups de feu, et une masse s'affala et dévala le mince escalier de la crypte pour achever sa course dans deux bruits simultanés, l'un sec, l'autre sourd. Il se retourna. Mathieu, tremblant, qui n'avait jamais tenu un fusil, avait fait deux fois mouche. Charles-Louis tendit la lanterne dans l'ouverture de la trappe : il vit Gros Georges.

Ils sortirent. Quelqu'un arrivait : c'était Guillaume Ledoux.

Mathieu, douze ans, avait tué un homme et pas n'importe lequel : Gros Georges. Mais il avait sauvé le marquis. Il avait tué sans intention celui qui le frappait et sauvé celui qui s'intéressait à lui. Une vie vaut une vie ? C'est Guillaume Ladoux qui trouva les mots pour l'apaiser un peu. « C'est dur pour toi, lui dit-il, mais tu vois, Gros Georges était un ivrogne et un assassin. Un jour, s'il était encore vivant, il aurait peut-être tué ta mère, peut-être toi ou l'un de tes frères, ou vous tous. Tu sais, quand on a tué une fois par vice, c'est comme lorsque l'on a violé une fois, on recommence toujours... »

C'est par contre Mathieu qui, reniflant, trouva un début de solution pour se débarrasser des cadavres. Il convenait de faire vite car les coups de feu avaient dû être entendus et quelqu'un pouvait venir. Sait-on ? Il était passé tout à l'heure derrière les boxes à l'écurie et avait remarqué qu'étaient entreposées d'énormes et vieilles barriques. Gros Claude, à la réflexion, avait dû les inspecter et les savoir vides et en mauvais état, à tout le moins impropres à conserver du vin, puisqu'il avait demandé au marquis s'il pouvait les utiliser comme abreuvoirs itinérants pour les vaches. Il les aurait coupé par leur moitié et de six barriques, il aurait fait douze grands récipients à placer dans les coins de champ. La pluie les remplirait ou on en ferait le tour avec un tombereau et une grosse citerne que l'on mettrait dedans. On éviterait ainsi l'été de rassembler les bêtes pour les amener boire à la rivière ou à la porte de l'étable. On gagnerait du temps. Mathieu avait aussi entendu Gros Claude le dire à sa mère, à la maison. Eh bien, dans ces barriques, on pourrait bien mettre les cinq cadavres. L'idée parut bonne à tous trois. Guillaume Ladoux s'en alla les chercher avec le marquis. Mathieu faisait le guet. Ils revinrent et parvinrent à mettre les macabres paquets dans ces étonnants cercueils, en faisant attention à ne pas se tacher avec le sang. Ils roulèrent les tonneaux dans le tombereau avec des madriers et les accolèrent dans leur position debout. Mathieu eut l'idée de les remplir d'eau. Cela ne prit pas énormément de temps. En cas de rencontre sur le chemin que l'on allait emprunter pour les amener à la mer, ce qui apparaissait le plus simple et leur meilleure destination, on entendrait, avec les chaos de l'allée ou de la route, le clapotis dans les tonneaux et quand il faudrait les rouler, ceux-ci rouleraient sans difficulté car la masse de leur contenu serait mieux répartie et les équilibrerait.

L'opération fut faite. Ils revinrent à la chapelle nettoyer et rendre sa sérénité aux lieux. Charles-Louis descendit seul dans la crypte. Gros Georges voulait manifestement s'attaquer au cercueil de ses victimes. L'on voyait des traces profondes laissées par la pointe de la pioche comme s'il avait voulu en faire un levier pour faire céder le dessus. Que cherchait-il : des bijoux, le plomb du cercueil pour le faire fondre et faire des balles pour les patriotes ? Il le savait sournois et violent, mais pouvait-on imaginer ?

Il pensa qu'il ne pouvait désormais laisser Mathieu derrière lui, tout au moins à la Porte Noire. Il pourrait un jour se trahir, le trahir par manque de précaution. De plus, cet événement allait immanquablement le perturber. Il avertit Marie qu'il prendrait le petit avec lui, comme aide et pour faire son éducation. Dès lors, lorsque Mathieu n'était pas avec la marquis, il restait chez les Chastenet à Saint-Pol.

Les deux années et demi qui suivirent, il accompagna le marquis un peu partout, sauf à Londres. Il revenait en ce mois de mai 1795 de Jersey avec lui. Il l'avait précédé de quelques heures. Charles-Louis avait à faire avant de monter au manoir. Mathieu était allé voir les siens à la Porte Noire, pour les embrasser, dîner et dormir. Il repartirait avec le marquis le lendemain qui allait être un grand jour, puisqu'il préfigurait un grand événement.

Le marquis, les yeux toujours fixés sur le tableau qui était sa famille, continuait à refaire le chemin parcouru ces deux dernières années.

Pour les révolutionnaires, l'ennemi de la République était partout. Pour le Jacobin, c'était le Girondin. Dans le classement Montagnards - Girondins - Plaine, les uns étaient les ennemis des autres. Ils s'engageaient tous jusqu'à la mort et la trouvaient. En Bretagne, nombreux étaient les Girondins qui furent poursuivis, tourmentés et exécutés.

Tout d'abord, on institua en mars 1793 le Tribunal révolutionnaire qui fit du meurtre une industrie.

Ensuite, la Normandie puis la Bretagne furent à la merci du conventionnel Carrier, à qui il fallait son flot de sang quotidien. Il procéda lui-même aux exécutions massives. Il organisa d'effroyables massacres à Nantes, tirant de prison tous les « suspects » qui y avaient été placés, prêtres réfractaires, religieuses et aristocrates. Il les fit fusiller par milliers, puis noya le reste, certains dirent deux mille, d'autres cinq mille... Il y a des temps où la bête noire, qu'enferme l'homme en son sein, se libère. C'est celle-là que la révolution semble avoir libérée en premier. Nombreux étaient ceux qui faisaient le mal par plaisir et qui en étaient remerciés : c'était pour le bien de la nation. Les tièdes, les modérés, ceux dont l'enthousiasme révolutionnaire n'apparaissait pas suffisant étaient suspects et puis coupables. Les prisons étaient pleines. On créa des prisons. On les remplit. On en construisit d'autres. Elles furent pleines à leur tour. Elles enfermaient hommes, femmes enfants, bourgeois, nobles et gens d'Église qui n'avaient pas émigré ou qui n'avaient pas été occis, cultivateurs, mendiants... Ne pouvant saisir les religieux qui, ayant perdu leur église, leur abbaye ou leur couvent, avaient fui, on imagina d'enfermer au titre de suspects les frères et les sœurs des absents, jusqu'à leurs plus lointains parents. Dans le cas de l'émigré, le père répondait du fils, le fils du père, la femme de son mari, la mère elle-même de ses fils, quelque soit l'âge des uns et des autres. Les domestiques aussi étaient coupables d'avoir été fidèles à leurs maîtres, commettant ici un acte contre-révolutionnaire. Les hommes qui n'étaient pas enfermés, étaient requis pour défendre la nation. Ce fut la misère. La région était pour partie sous les verrous et pour le reste à la guerre, qu'elle soit civile ou aux frontières. L'armée républicaine coûtait plus que ce dont elle disposait. On désarma la flotte et on congédia soixante mille hommes à Brest. La région ne produisait plus. Les réquisitions avaient tout épuisé dans les campagnes, blé, fourrage, bois, chanvre, chevaux, bestiaux. Tout avait été livré aux passions populaires, jusqu'au fanatisme le plus aveugle. Tout avait été pris, dilapidé au nom du salut public et le pays était dans le plus cru dénuement. On put dire ensuite et encore que les nobles avaient exploité leurs vassaux sans vergogne !

L'abomination était quotidienne. Au courant de l'année 1794, le maire de Morlaix, Le Denmat de Kervern, homme de bien, ancien avocat au parlement et tourné vers les idées de progrès, ami de Charles-Louis avant les événements, devenu administrateur du Finistère, fut décapité à Brest avec ses collègues confondus comme fédéralistes, ce qui n'était pas fondé. Ils furent victimes d'une nouvelle psychose : qui n'était pas Jacobin était fédéraliste !

Les fédéralistes avait pris la succession des Girondins après leur élimination en juin 1793. Comme eux, ils craignaient la main mise parisienne sur les affaires de la France. Ils s'insurgèrent et furent durement réprimés. Leur action, qui apparaissait comme une menace intérieure, eut pour conséquence de renforcer le régime de la Terreur et le renforcement du pouvoir central.

C'est dans ce contexte qu'arriva, début janvier 1794, dans le Finistère, en provenance de Rochefort, où il avait fait son apprentissage, le sieur Ance, bourreau marié avec la machine à couper. On le disait ancien aristocrate et ennemi de sa caste initiale. Il voulait raccourcir les ci-devant nobles jusqu'au dernier, les fédéralistes et les suspects de tous poils. Il formait un couple abominable avec un sieur Laignelot qui l'accompagnait. Celui-ci stimulait Ance et haranguait les foules, trouvant du succès à Brest où il y avait un public à son image, dont le divertissement était la décollation publique. Il était le plus ardent partisan de la persécution des prêtres. Voilà ce qu'il disait et répétait : « Les peuples seront libres quand le dernier des rois sera étranglé par les boyaux du dernier des prêtres ! »

Ance le bourreau raccourcit beaucoup de monde, énormément. Et sa machine lui apparut insuffisante à répondre à la production de sentences de mort du Tribunal révolutionnaire. Que ne trouva-t-il pas pour y remédier ! Il voulut que le fatal instrument travailla sur terre comme sur mer. Et en Rade de Brest, il fit installer la machine à couper sur une lourde gabare ! On y supplicia des innocents, des naïfs, des pauvres diables, comme, par exemple, Jean-François Levée, simple matelot charpentier, convaincu, dira le jugement, « d'avoir tenu des propos tendant au rétablissement de la royauté en France et à l'ébranlement de la fidélité des soldats et matelots de la République ». On l'aurait entendu dire, il y avait de cela cinq mois, au moment de la distribution des vivres aux matelots du port, qu'il était plus avantageux d'être au service des Anglais qu'à celui de la République. Une dame Galabert fut condamnée à mort pour avoir vendu des liqueurs à crédit à un suspect, etc.

Les comités révolutionnaires inventèrent, pour incarcérer des suspects, des motifs dérisoires et tristement ridicules. Ainsi, on était arrêté « pour avoir des relations avec les riches et avec les nobles », pour « être de caractère et de relation inconnus », pour

« avoir des opinions secrètes », pour « avoir vécu avec des parents qui ne sont pas dans les bons principes », pour être « hautain », pour « avoir de l'esprit »...

On plaça ici et là des comités de surveillance, des sentinelles républicaines vigilantes dont la vocation étaient d'épier le voisinage et de rapporter tout indice permettant d'identifier un suspect. On accrédita la délation.

Les Chastenet, en offrant leurs services à des amis recherchés, s'exposaient énormément et mettaient leur vie quotidiennement en danger. Aussi devaient-ils redoubler de vigilance. Leur situation devenait de plus en plus délicate au fur et à mesure que les mois passaient. Saint-Pol avait traversé quelques graves incidents. Des paysans s'étaient révoltés contre la conscription. Ils acceptaient de protéger leurs côtes mais pas d'être expatriés pour rejoindre les frontières de l'Est. Pensez, rares étaient ceux qui parlaient le français. Quand ils connaissaient quelques mots, c'était pour répondre à une question qui ne leur était pas posée en breton : « Je vous comprends pas. Je ne parle pas le français ! » La répression avait été sévère. On avait fait intervenir « les volontaires du Calvados » en stationnement à Morlaix, des brutes, des ivrognes. Un de leurs groupes s'était acharné sur la population, tuant et pillant. L'agitation était à son comble. Le danger était partout. On fit tomber des têtes. C'était en mars 1793.

Les Chastenet avaient vécu douloureusement le procès puis l'exécution d'un de leur ami et protégé, un prêtre réfractaire, Jean-Marie Brannelec. C'était le 28 germinal an II (le 17 avril 1794). On avait recherché les complices qui l'avaient hébergé. Ils réussirent, non sans mal, à ne pas être inculpés.

Voilà ce que virent et vécurent Charles-Louis et Mathieu. Il fallait toujours être attentif et ruser pour passer entre les mailles, mailles qui se resserraient de filets qui se multipliaient. Le « Saint-Pierre » qui les emmenait sur la côte anglaise ou à Jersey avait été confisqué comme tous les biens de son capitaine. Celui-ci fut confondu de vouloir faire passer des émigrés en Angleterre. Il fut condamné à la déportation. Il avait toutefois sauvé sa tête : on ne lui avait prêté qu'une intention ! C'était en mars 1794. Ils changèrent plusieurs fois d'itinéraires.

∴

Le chevalier de Guez travaillait à la revanche des Blancs. En février 1793, le comte de Botherel, ancien procureur-syndic aux états de Bretagne, nullement apparenté au cousin de Charles-Louis, avait averti le comte de Provence de l'existence d'une armée dissidente dans l'Ouest. L'Angleterre ne souhaitait pas, alors, de contact entre les princes et les Vendéens, contrairement à ce que souhaitait le comte de Provence, réfugié outre-Rhin à Coblence, bien que celui-ci fût devenu le régent. Ce titre dûment accrédité par Louis XVI, de la prison du Temple, quatre mois avant sa mort, lui conférait pourtant la légitimité et faisait de lui le chef de la France émigrée. D'abord, les Anglais savaient que le régent devait, en raison des réserves apportées par Louis XVI pour exercer valablement sa régence, suivre nécessairement les avis du roi de Prusse, ce qui ne les laissait pas maîtres du jeu, et ensuite, la fiabilité de cette armée vendéenne en sabots ne les convainquait pas, pas plus que la solidité du front commun des princes, tant les vues des deux frères, le comte de Provence et le comte d'Artois, s'avéraient difficiles à faire converger. Enfin, les Anglais comptaient sur l'affaiblissement de la France pour obtenir à terme des concessions très sévères : renonciation à son alliance avec les États d'Amérique, cession de l'île Bourbon à leur roi, arrêt des travaux de fortification de Dunkerque et Cherbourg. Ils avaient évolué depuis sur ce point et avaient opté pour un débarquement, mais ce ne fut qu'en 1795. Les enjeux s'éclaircissaient alors. Les rangs des chefs républicains sanguinaires aussi. Robespierre, Danton, Carrier et bien d'autres avaient enfin subi la machine qu'ils avaient largement promue, à leur tour. Lazare Louis Hoche, vingt-six ans, était en charge de la « pacification de l'Ouest », depuis octobre 1794.

En vue d'une expédition sur les côtes bretonnes, il convenait de grossir les troupes qui y seraient acheminées. Depuis 1791, continuellement, des émigrés arrivèrent à Jersey et à Guernesey pour se regrouper et préparer leur revanche, leur retour victorieux. Telles des ruches, les deux îles voyaient venir et repartir des volontaires vers Londres, pour les voir revenir encore. Leurs fortunes étaient diverses et leurs familles, disséminées. Des deux îles, Jersey avait la plus grande garnison et était la plus industrieuse. C'est avec elle que composa Charles-Louis. Il s'y fit accompagner par Mathieu qui avait grandi. Les troubles qui demeuraient dans l'Ouest faisaient de la Bretagne, comprise entre la Normandie et la Vendée où les foyers de résistance restaient actifs et se renforçaient progressivement de paysans qui fuyaient la réquisition militaire de la République, la meilleure attache pour préparer un débarquement. Mais rien n'était facile. Parmi les nobles, certains voulaient maintenir des préséances. C'était ceux qui se trouvaient mieux nés que d'autres. C'était aussi ceux qui se voyaient affectés à des fonctions inférieures à celles qu'ils tenaient antérieurement dans leurs anciens corps. On portait souvent des pseudonymes, que l'on changeait parfois. Sous de petits noms d'emprunt se cachaient de grands seigneurs. Certains nobles se trouvaient sous l'autorité de non-nobles. Ceux-ci, arrivés depuis peu, étaient des transfuges de l'armée catholique et royale de Bretagne où l'on prenait, au feu, rapidement du galon. Le ciment recherché pour réunir et sceller nobles et roturiers, dans leur grande diversité, était difficile à prendre. Tout ceci, ajouté aux aigreurs relatives aux difficultés matérielles inégales que rencontraient les volontaires, ne facilitait pas les travaux d'intégration dans les régiments et l'organisation de ceux-ci.

C'était le marquis du Dresnay, maréchal de camp, émigré depuis 1791, qui tenait le commandement de Jersey. Charles-Louis le connaissait depuis longtemps. En effet, ils avaient l'un et l'autre des terres dans le Trégor, au pays du Beffou, et celles-ci étaient voisines. Ils s'entendaient bien et passèrent de longs moments ensemble et seuls, hors du champ de l'instruction militaire des troupes à laquelle Charles-Louis donnait ponctuellement son concours, à converser de tout, dans une maison pimpante où logeait et où recevait ordinairement Du Dresnay, au pied du vieux château Montorgueil qui servait d'entrepôt et de logis pour quelques officiers supérieurs. Ils suivaient ensemble l'information républicaine sous les numéros du bulletin de la Convention nationale qui étaient affichés en France, et ils aimaient à commenter la gazette de l'île, *Le Soleil,* comme parler des temps révolus de la province, de l'histoire de leurs familles respectives, de leurs terres, de leurs fêtes, de leurs chasses. Ils blasonnaient aussi. Ils étaient d'accord sur le fait que les figures géométriques étaient des figures puissantes qui conféraient de la force aux blasons qui les portaient, mais ce n'était pas le cas pour les leurs, bien qu'ils y puisaient leur énergie. Le maréchal Du Dresnay portait « d'argent à la croix ancrée de sable, accompagnée de trois coquilles de gueules », la devise de sa famille était, pour lui comme pour sa troupe, à propos : « En bon espoir. » Le maréchal s'étonna de la devise du marquis : « À nos vies. » Le marquis avait entendu son père la commenter. Il attribuait cette formule à une petite espièglerie de l'aïeul qui, reçu dans l'ordre ducal de l'Hermine, s'était un peu joué de sa devise, qui était aussi celle des ducs : « À ma vie. » Mais il avait tout de suite rajouté que cet aïeul croyait peut-être, aussi, que nous avions plusieurs vies !

Le maréchal, qui était le chef de la place depuis longtemps, obtint un régiment à la solde de l'Angleterre. Celui-ci stationnait à Romsey, près de Southampton. Il lui était difficile d'assurer la formation et l'instruction de l'ensemble de ses nouvelles troupes et de conserver son commandement de Jersey. Il laissa donc celui-ci. Il fut alors décidé de le scinder en deux. Le prince de Léon, prince breton, en fait Alexandre-Louis-Auguste de Rohan-Chabot qui émigra en 1790 sous ce titre, prit le commandement d'un des deux corps créés dans l'île, celui des gentilshommes bretons qui représentaient les deux tiers des effectifs de l'île. Le second, composé des émigrés des autres provinces, se plaça sous les ordres du comte Dutrésor, gentilhomme normand. C'était au début du mois de décembre 1794. Du Dresnay, qui avait fait venir près de lui, à Jersey, un de ses fils pour le former à la vie militaire, le confia à Charles-Louis.

Jersey réclamait des recrues d'Allemagne pour grossir les rangs du corps d'armée de Dutrésor. Ceux qui arrivèrent étaient pour beaucoup Bretons ou Vendéens, transfuges de l'armée de Condé, fatigués des campagnes, mais aussi d'être mal considérés, mal nourris et mal habillés. Certains avaient de la parenté dans l'armée des chouans et étaient pressés de débarquer en Bretagne. Ils s'arrangèrent pour se soustraire à l'autorité du comte Dutrésor, intégrer le corps d'armée du prince de Léon et côtoyer leurs compatriotes. Dutrésor éprouvait des difficultés quotidiennes pour assurer son commandement, dont certaines étaient inadmissibles, puisqu'elles résultaient du parti prix anglais. Le gouvernement anglais revenait sur les nominations de ses officiers après les avoir acceptées, réduisait ses effectifs, et mit même en cause la couleur, le vert, choisie par lui pour l'uniforme de sa troupe. Et puis, il y avait les difficultés liées aux dissensions et aux dissentiments entre Bretons et Normands. Dès son affectation, le prince de Léon, suffisant et hautain, avec cela réunissant peu de dispositions naturelles, prétendait, comme maréchal de camp imposé par le comte d'Artois, peser plus que son poids, et commander les deux corps. Il n'avait pour ainsi dire pas servi dans les armées et avait été simple major en second quand le comte Dutrésor servait depuis le 1er avril 1777, qu'il fût colonel du régiment Lorraine de dragons, ou maréchal de camp constitutionnel, le 1er janvier 1792. Le frère de Charlaine, lui aussi, ancien colonel des dragons au régiment de Metz, en disait plutôt du bien, sinon qu'il lui trouvait un tempérament tiède et un caractère soumis. Les Bretons, par ailleurs, se trouvaient très au-dessus de ceux qui ne l'étaient pas. Ils moquaient l'aptitude du corps d'armée de monsieur Dutrésor, quand le leur ne se mettait jamais en cause et que son organisation peinait à se mettre en place. Les officiers normands se plaignaient que les Bretons ne parlaient que de leurs grands seigneurs de Bretagne, de leurs privilèges, de ce qu'ils pouvaient, de ce qu'ils étaient sous les anciens ducs, rappelant à l'envi qu'ils n'avaient point été conquis par la France. Les prétentions de ce type, a priori dérisoires, sont de nature lorsqu'elles n'ont de cesse à faire naître des schismes. Si ce ne fut pas tout à fait le cas, elles entamaient la cohésion et la solidarité des deux corps, et participaient au découragement très perceptible à Jersey.

Sur le sol de Bretagne, les bandes de chouans désorganisées avaient cherché à se coordonner. Elle se structurèrent en armée catholique et royale de Bretagne par la volonté du comte Joseph de Puisaye, qui, malgré son passé de constituant, tenait son mandat du comte d'Artois. Charles-Louis le rencontra à Londres. Il n'avait pas grande opinion de lui. Il était de ces nobles suffisants, plus vaniteux qu'orgueilleux; il avait placé sa vantardise à la hauteur de son rang. D'abord député de la noblesse, il avait versé dans le camp de la Révolution qui lui apparaissait plus certain et plus à même de servir ses ambitions, puisqu'elle préfigurait une ère nouvelle et que tout était à construire. Il en fut autrement. C'était un de ces hommes qui se retournent et quittent les navires à temps, sans trop se préoccuper des naufragés. Toutefois, c'était un homme de décision. C'est bien ce qui inquiétait Charles-Louis, qui voyait chez cet homme imbu de lui un chef peu sûr mais déterminé : une girouette péremptoire.

Nous ne dirons rien de Guernesey, ou pas grand-chose. Charles-Louis ne s'y rendait pas. Il n'y connaissait que le comte d'Oilliamson, qui dirigeait l'une des quatre compagnies de l'île. Celui-ci avait du goût pour les honneurs et la mystification. Certes, il n'était pas le seul. Ils étaient plutôt légion. Il se faisait ainsi appeler comte puis marquis de Ménille dans sa correspondance avec Puisaye, à qui il rendait compte de tout, recevant en retour des gages de sa protection. Et c'était grâce à l'influence de Puisaye auprès des Anglais qu'il obtenait rapidement ce qu'il demandait, subsides et facilités. Ceci lui valait d'être jalousé par les autres compagnies, car les problèmes d'intendances et d'appointements étaient très présents dans les îles. D'Oilliamson ou de Williamson avait eu des mots avec Charles-Louis. C'était jadis, alors qu'il était aux armées et que, servant à cette époque tous les deux dans le même régiment, d'Oilliamson comme colonel et Charles-Louis en tant que capitaine, Charles-Louis lui avait reproché, à l'occasion d'une inspection fort poussée, d'être tatillon et obtus, quand son grade ne l'y autorisait pas, et les choses n'en étaient pas restées là... Mais c'était le passé, et ils s'étaient revus à Londres ou d'Oilliamson avait une adresse, sans évoquer leurs anciens griefs.

Les temps étaient pour tous les royalistes à la mobilisation.

∴

Si l'action majeure approchait, Le chevalier de Guez perdait, peut-être en raison de l'attente, coûteuse pour les nerfs, de sa conviction quant aux chances de succès d'un débarquement qui, envisagé depuis longtemps, était remis régulièrement. Jersey était en proie à mille fantasmes : on redoutait des attaques des Bleus lors des déplacements, on savait ou on imaginait des trahisons, on craignait un assaut de l'île par les troupes de Hoche. C'était surtout le manque de cohésion et de coordination entre les chefs et les corps d'armée, entre les Anglais peu flexibles et les Français trop approximatifs, qui lui faisait craindre le pire. On vivait aussi dans la psychose des infiltrations. Il y avait peut-être sous les noms les plus fleuris des Bleus déguisés en royalistes. On ne savait pas qui était qui. Pour exemple, sous un très vieux nom, on avait démasqué un Bleu, Barthes de son vrai nom, que l'on serra et qu'on envoya en Angleterre pour le questionner selon des méthodes efficaces, typiquement britanniques.

Aussi, lorsqu'il venait à Londres, le chevalier de Guez ne séjournait pas systématiquement chez Rose-Mary. Il descendait aussi à l'Hôtel « L'Union » dans Parliament Street ou au British Hotel dans Lisle Street, près de Leycester Square, mais elle venait toujours l'y rejoindre. Il craignait pour sa tranquillité et, pour lui, d'être suivi. Il donnait en conséquence régulièrement le change. La psychose ou le syndrome de l'honorable correspondant l'avait gagné. Il se croyait observé, suivi, espionné. Ce phénomène en avait touché plus d'un parmi les émigrés et autres agents de la cause royaliste, tant à Londres qu'à Jersey et Guernesey. Cela gâtait les esprits, compliquait les rapports et les correspondances. On changeait souvent de nom d'emprunt, d'accoutrement ou d'allure. On était ridicules.

∴

Charles-Louis tisonna le feu qui s'était affaissé et remit deux bûches au foyer. Ce seraient les dernières. Ils partiraient demain à 6 heures. Charles-Louis avait choisi trois des chevaux de son écurie. Mathieu montera Fournis (« parfait » en français). C'était un petit cheval qui portait bien son nom. Il était effectivement nanti de qualités. Il était intelligent, docile, rapide, souple et sûr de lui. C'est ce qu'il fallait à Mathieu. Sa nature rêveuse et donc naturellement distraite faisait de lui un cavalier trop peu vigilant. Mathieu était devenu un grand, beau et solide gaillard, mais il avait ce fond de timidité qui le rendait modeste et touchant. Il avait gardé, de son éducation première, une gaucherie paysanne, mais aussi un solide bon sens. Il était pour le marquis très important.

Charles-Louis pensait à Rose-Mary. Il ne la reverrait peut-être plus. Quand elle avait appris son malheur par James Cotton, elle avait attendu pour lui écrire, et puis ensuite, elle n'arrêta pas de lui adresser des lettres. Au début, celles-ci étaient enflammées, bien qu'avant de conclure, Rose-Mary exprimait une pensée attristée en relation avec son deuil.

Ils s'étaient revus une dizaine de fois, plus ou moins longtemps. La première fois après son malheur, Rose-Mary avait été aussi surprenante que lors de leur première rencontre. Il la retrouva comme elle avait été lors de leur première nuit, avide de lui et pleine d'imagination pour compléter le catalogue de leurs prouesses amoureuses. Mais ensuite, leurs relations s'établirent davantage sur la tendresse partagée que sur le lit de la passion. Charles-Louis avait des états d'âme et abandonnait des fois leurs ébats pour retomber dans l'abattement et le chagrin. Si, au début de leur liaison, Rose-Mary avait pensé remplacer son mari par Charles-Louis, cela n'était plus le cas depuis de nombreux mois. Charles-Louis n'était ni un amant enjoué, ni un ami confortable, ni un bras disponible. De plus, il ne pouvait pas l'établir, a fortiori en Angleterre, comme elle en avait besoin pour accomplir sa vie. Son mari, en Espagne, paraissait s'accommoder de son absence. Il devait sans doute connaître une ardente Madrilène. Quant à elle, plutôt libertine, elle ne vivait pas dans l'attente des retours de Charles-Louis ou de son époux. Il se pouvait même, à bien observer la complicité qu'elle entretenait avec James, qu'elle ait testé la virilité du futur époux, puis de l'époux de sa meilleure amie Helen. Enfin, il restait pour elle et Charles-Louis une belle histoire, le souvenir et le souci de l'autre. Elle lui avait offert la chevalière promise et il la portait comme un talisman. Il lui avait offert en retour sa montre ronde à gousset que son père lui avait fait faire quand il eut trente ans, une montre parisienne des frères Girod, d'ors et de diamants, avec son portrait émaillé en tenue d'officier sur le couvercle. Il lui laissa aussi l'ouvrage de Walpole, ce qui avait du sens pour lui, avec pour marque-page une branche de myosotis. C'était la fleur par laquelle Charles-Louis se faisait reconnaître par ses correspondants qui ne l'avaient jamais vu, en la portant à son col, naturelle ou en broche.

∴

Avant de se coucher et de repartir le lendemain pour prendre les dernières consignes et achever les préparatifs d'un débarquement, il eut dans l'idée de vérifier que la mallette de métal qu'il avait enfouie au milieu d'un tout petit bosquet de buis, près de la tour est du manoir, était toujours là et son contenu, en état. Il y avait placé, entre autres, un lot de vieux documents portant ses droits seigneuriaux et sa généalogie. Il les avait enveloppés dans du papier huilé pour faire barrage à l'humidité. Il y ajouterait les lettres de Rose-Mary.

Il s'enquit de retrouver l'endroit. La nuit était claire, la lune pleine. Il n'était pas besoin de prendre une lanterne, qui aurait pu le trahir.

Il prit une pelle. Il creusa. Elle était toujours là, un peu rouillée, mais elle s'ouvrit.

Il en fit l'inventaire.

« Bon, le papier huilé n'a pas taché mes manuscrits et mes papiers. La tabatière en or de mon père est là. Quel superbe travail que fit là ce joaillier, Govaers, je crois... Je vais rajuster l'étoffe qui la protège. Ce petit buste de femme en fluorite n'a pas souffert, l'aiguière et la coupe ronde en sardoine et agate, non plus. Ah ! mes couverts en argent. Quel travail que cette cuillère à sucre, comme toute cette belle argenterie que fit faire ma grand-mère Rosalinde aux armes des Kerven ! Bon, je mets les lettres de Rose-Mary dans le papier huilé. Les portraits de Charlaine et Henri, je vais les abriter là aussi. Qui sait ce que réserve ce débarquement. Il faudrait que je donne l'endroit de la cache à quelqu'un au cas où il m'arriverait malheur, mais à qui ? Aux Chastenet ? À la marraine d'Henri ? Au frère de Charlaine que je vais voir dans le cadre de nos préparatifs militaires ? Les objets aussi ont leur histoire. Quel sera leur avenir ? Ce sont des témoins de nos vies, mais il n'y a que les livres et le lettres qui s'ouvrent à leurs dépositaires. Tomberont-ils dans des mains dignes de les recevoir ? Bon, je referme et je remets le tout comme avant. Je vais remettre des graviers sur la terre comme la première fois. On ne voit aucune trace. C'est bon ! »

Le marquis alla se coucher. Demain était un grand jour, l'armée royale émigrée allait bientôt débarquer.

Chapitre XIII

VANNES - LE PLESSIS-GUEZENNO - PARIS - VANNES

– Commandant, il est 22 heures. Je pense que nous ne verrons rien d'anormal ce soir. La routine… Quel temps, mais quel temps. Des nuits aussi noires et une pluie battante comme ça… Cette année, c'est quelque chose…

– Marc, ralentis, il me semble qu'il y a une voiture garée tous feux éteints juste avant le virage. Elle mord un peu sur la route. Arrête-toi !

– C'est une Mercedes immatriculée 92. Il y a quelqu'un à l'intérieur qui paraît effondré sur son volant…

– Je vais voir…

Avec sa torche, le commandant cogne par trois fois sur la vitre :

– Gendarmerie nationale… Que se passe t-il ?

Jean Courdavault sursaute et lève difficilement la tête et les yeux, éblouis par le faisceau de la torche. Il est vaseux.

– Que s'est-il passé ? se dit-il.

Il ouvre laborieusement la porte et n'apparaît pas dans un état normal. Il est couvert de boue et les gendarmes s'en étonnent.

Le commandant :

– Que faites-vous là ? Que vous est-il arrivé ? Vous êtes en panne ? Vous avez un peu trop bu ? Montrez-nous vos papiers. Qu'est-ce qu'il pleut. Venez, rentrez dans notre fourgon.

Jean Courdavault montre ses papiers et ceux du véhicule.

– C'est un véhicule de location ?

– Oui…

– Vous n'avez pas l'air bien. Tenez, soufflez dans ceci.

– Négatif ! Vous ne vous sentez pas bien ? Vous alliez où ? demanda Marc, le gendarme.

– J'étais fatigué, j'ai dû m'assoupir… Il est quelle heure ? Passé 22 heures ! Je vais rentrer sur Vannes. Eh non, j'ai les clés à rendre. Mais où sont-elles. Ah oui. Bon, je vais à Vannes.

– Vous êtes plein de boue, vous êtes tombé ? Tenez, nous avons du café dans notre Thermos. Cela ne vous fera pas de mal. Dites, vous vous êtes mal garé. Dans la nuit, on pourrait vous heurter.

Les gendarmes quittèrent Jean et Jean quitta l'endroit. Il laissa les clés dans la boîte aux lettres du petit commerce. Il reviendrait. Il pleuvait trop. Il faisait trop noir. C'est à ce moment qu'il avait dû glisser dans l'allée boueuse. Il n'avait pas réussi à ouvrir le portail. Le sol était peut-être gonflé par les pluies. Il avait dû avoir un malaise ou un coup de barre. Toutes ces émotions ! Il reviendrait avec l'agence. Pour l'heure, il ne se sentait pas bien. Il était pressé de rentrer, d'avoir des explications, de comprendre, de voir ses enfants, de parler, de crier, de hurler.

∴

Avenue Malesherbes, 13 heures, le 12 février 2002, Jean se gara. Il monta. Il ouvrit la porte de son appartement. Maud était dans la cuisine. Elle était seule. Elle grignotait debout face au plan de travail. Elle était à cette heure-là encore en peignoir. Elle avait dû rentrer tard ou tôt ce matin. Elle lui dit : « Salut ! » Elle ne se retourna pas.

Il lui dit :

– Mais comment en sommes-nous là ? Pourquoi Danzac ?

Maud lui répondit sur un ton tout à fait neutre.

– Parce que j'avais envie.

– Et moi ?

Maud, froide et cruelle comme les femmes peuvent l'être dans cette situation :

– Avec toi ? J'en ai pas envie. Je ne te sens pas. Tu ne sais même pas embrasser !

– Et tu t'en rends compte au bout de vingt-cinq ans ?

– Mon pauvre ami !

Jean, crûment et durement touché dans sa dignité d'homme, ramené par Maud à un piètre prestataire sexuel, lui dit, en s'en allant (ce qui ne lui ressemblait pas) :

– Bon vent, vide-couilles.

Et ce fut tout.

Un coup de téléphone : Maud répondit qu'elle serait là à 15 heures.

∴

Jean s'enquit de ses enfants qu'il invita à manger des crêpes, rue Mouffetard, ce soir-là. Ils se retrouvèrent à la crêperie à 19 heures. Anne-Françoise paraissait gênée. Savait-elle ? Stanislas, toujours égal à lui-même, les yeux au sol, les mains dans les poches, des onomatopées pour tout discours, paraissait, comme toujours, indifférent à tout. Lors des échanges de table, Anne-Françoise dit à son père que Philibert de Cournon, qui souffrait terriblement du bas ventre, avait été hospitalisé d'urgence à Paris. Le fils d'un de ses amis médecins qui le suivait, un professeur de médecine, soupçonnant un grave problème, avait pris cette initiative. Elle dit aussi que son ami viendrait la chercher vers 21 h 30 à la crêperie, qu'elle lui avait donné l'endroit.

Anne-Françoise avait manifestement envie de le présenter à son père, sans laisser trop de temps à une première rencontre.

Il arriva à l'heure dite. C'était un grand gaillard de vingt-deux ou vingt-trois ans. Il terminait sa scolarité à HEC. Il y était entré au titre d'un accord passé entre l'école et Trinity College de Dublin. Il était Irlandais, grand, visage ouvert, pas mal mis, cheveux courts. Il était un peu gêné. Il était plutôt sympa. Il se présenta. Il se nommait Thomas O'Keefe. Il s'assit à leur table. Il dit connaître Anne-Françoise depuis un an et qu'ils se trouvaient bien ensemble. Anne-Françoise lui prit la main, ce qui paraissait l'embarrasser face à Jean. Déjà emprunté en raison de ce premier contact, il était, de plus, bridé dans sa gestuelle. Il dit à Jean qu'il pensait s'établir aux « States », qu'il avait de la famille dans le Connecticut, que « l'Irlande, bon... c'est vraiment petit », que « Paris, bon... c'est bien, mais il ne voit pas y faire sa vie », que de toute façon, il allait faire ses classes dans un cabinet d'audit à New York, et

ce, dans quelques mois, enfin qu'il s'arrangerait « *pour que Anne-Françoise soit hébergée pour le stage qu'elle compte faire aux États -Unis* ».
Jean pensa :
« *Voilà qu'Anne-Françoise me signifie son congé prochain pour aller vivre en Amérique !* »
Difficile de sauter de joie !
Thomas et Anne-Françoise étaient attendus chez un copain de Thomas. Ils quittèrent Jean et Stanislas.

Jean descendit avec son fils la rue Mouffetard, celui-ci, un peu derrière, pour téléphoner tranquille.

Il était 22 heures environ. Alors que Jean méditait, une poignée de jeunes qui remontaient la rue prirent soudainement Stanislas à partie, qui lâcha un : « *Merde ! Fait chier !* » L'un d'eux lui arracha son portable quand un autre lui décocha un coup de pied dans les jambes. Le sang de Jean ne fit qu'un tour. Il repéra l'énergumène ayant en main le téléphone de son fils, se jeta sur lui et se mit à le frapper comme un sourd : coups de poing, coups de pied dont l'un, bien placé, plia en deux son destinataire. Les autres membres de la bande, après avoir cherché à accrocher Jean, se sauvèrent. Il ne manquait pas de passants dans cette rue emblématique et il se fit un attroupement. Quelqu'un dut appeler « Police secours » et celle-ci fut sur les lieux presque tout de suite. On descendit au poste. On résuma ce passage : violences verbales et menaces du voleur. Le jeune avait un coquard et hurlait à l'assassin, à la méprise, au dépôt de plainte. Il ramenait l'événement à un délit de sale gueule. Il devait avoir dans les dix-sept ans. Un inspecteur lui fit, après déposition et avant de le relâcher, si l'on veut, un peu de morale, ou plutôt lui rappela que dans un monde civilisé, il y avait des règles et que ce n'était pas demain qu'elles disparaîtraient, ce à quoi « l'incivil » répondit :
– Plus y a de règles, plus on va tout niquer !

Voilà ce que fut la soirée et sa conclusion.

Jean avait frappé. Cela ne lui était jamais arrivé. Curieusement, il en avait ressenti ensuite un remarquable bien-être dont il fut surpris.

Le lendemain après-midi, il alla visiter son beau-père à l'hôpital. C'était à St-Antoine. Philibert de Cournon avait subi des examens et manifestement, il souffrait beaucoup. Sa chambre avait deux lits. L'autre occupant était Tunisien. Il avait quitté son pays pour venir à Paris rejoindre ses fils et se faire hospitaliser. Il souffrait d'un problème digestif. Il se préparait pour une opération majeure. Quand Jean entra, la chambre était envahie par ses visiteurs très bruyants dont deux étaient assis sur le bord du lit de Philibert. Jean en fit l'observation. Son beau-père lui fit signe de laisser tomber. C'est lui qui lui dira plus tard quels étaient les termes de la cohabitation. Si son voisin était courtois, il s'était néanmoins approprié l'endroit et mettait sa radio en langue arabe à tue-tête « et quand on souffre », disait le comte, « c'est difficile ». Jean se proposant d'intercéder auprès du service, Philibert de Cournon lui dit simplement : « Laissez. Qu'est-ce que vous voulez ! » Dans pareil contexte, les échanges en aparté sont presque impossibles à mener. Ils essayèrent quand même.

Philibert de Cournon ne voulut pas parler de lui. À mots couverts, il fit comprendre qu'il avait eu vent de ses problèmes de couple. Il se montrait préoccupé.
Il dit à Jean :

– Ce qui est important, ce sont les enfants... J'espère que Maud saura préserver ce qu'il sont en droit d'attendre.

∴

Comment vivre avec une femme qui vous tourne le dos et qui éprouve du désir pour un autre ? Dans la journée, à l'extérieur, la difficulté est très relative, mais le soir, la nuit... Où dormir : dans la chambre conjugale ? Non. Dans la chambre de bonne, théâtre des exploits extra-conjugaux de madame ? Non. Alors ?

Jean décida de partir de nouveau en virée. Voilà deux jours qu'il était revenu de son escapade en Bretagne. Quelle direction prendre, pour aller où et pour quoi faire ? Il se sentait toujours attiré par ce drôle d'appel vers cette autre chose et ce premier abcès de fixation : le manoir à vendre. Il repartit donc pour Vannes. Il prit de nouveau quelques effets. Lui et Maud mettaient de l'argent liquide dans un des tiroirs d'un bureau à cylindre Louis-Philippe.

Jean pensa se servir avant son départ. Il y avait déposé une belle liasse la veille de surprendre Maud et Danzac. Il n'y avait plus d'argent dans le tiroir, mais un devis. C'était celui d'une société de déménagement. Jean le parcourut. Maud avait donc pris des dispositions pour quitter le domicile conjugal, ou tout au moins faire enlever ses meubles de famille. La destination était Trouville. Nul doute qu'il s'agissait du *home* de Danzac.

– Quelle conne ! se dit-il. L'exemple de Mireille ne suffisait pas. Elle va se faire rouler, mais quelle conne !

Il prit de nouveau la direction de l'ouest. Il avait toujours la Mercedes. Il lui faudrait changer de véhicule. Le coût de sa location devenait exorbitant. Mais, dans une situation comme la sienne, on craque, on ne compte pas. On fuit. Rien n'a plus vraiment d'importance. On ne voit pas la suite. On n'est plus comptable de rien.

En roulant, il méditait. Il y avait de cela peu, il se disait :
« Je n'ai pas mal réussi ma vie : cadre dirigeant d'un grand groupe, une jolie femme, d'un bon milieu, pas difficile, de beaux enfants. »

Il s'en trouvait étonné comme si ce point d'arrivée aurait dû lui être étranger. Et il se réjouissait de son bonheur tranquille. Et puis, tout avait basculé en un rien de temps. Il ne savait plus. Il ne croyait plus en rien. Il doutait de tout, de ce que fut son passé. Depuis quand Maud l'avait-elle trompé ? Danzac était-il son premier amant ? Peut-être pas. Il refaisait une partie du chemin. Il se rappelait d'elle en société, des fois distante avec lui. Il s'en étonnait un peu alors, mais, il ne saurait dire pourquoi, il n'y pensait plus, presque aussitôt. Il y avait DVC. Il y était bien en place et bien en cour. Il se sentait à l'abri. Il se sentait tout tenir. Mais en fait, ça n'était qu'une idée, qu'une impression, qu'une apparence : il ne tenait rien. Personne ne tient rien. Il se souvenait d'une soirée donnée par DVC. Il y avait deux ans. C'était en février. C'était dans un grand hôtel de Genève. Maud dansait avec Pierre Ménétier. Il était heureux qu'ils s'entendent. Alors qu'il était en conversation depuis un bon moment avec le directeur d'une des filiales italiennes, il avait remarqué leur absence. Quand il les vit réapparaître, Jean avait trouvé les yeux de Maud drôlement brillants et les joues rouges. L'alcool, la valse, se dit-il à l'époque.

Comme il devait avoir un air intrigué, elle avait cru bon de lui dire ou de le rassurer :

– Ah ! Nous avons pris l'air, il faisait si chaud, mais dehors ! Wou ! Qu'il fait froid !

Cela lui revenait et tout à coup, il n'était rétrospectivement plus sûr de Maud, plus sûr de Ménétier. Peut-être que cet ami si cher avait séduit sa femme ! Non, décidément sa souffrance le faisait délirer. Était-ce son orgueil, son amour-propre, qui souffrait ? Où était-ce l'homme aimant, trahi, bafoué, rejeté, abandonné ?

Voilà quelles étaient les sombres pensées de Jean Courdavault.

Arrivé à Vannes, il retrouva son hôtel. Il y dîna le soir. Il prit un apéritif au salon où la cheminée rebondie de ses bûches les faisait crépiter bruyamment. Il se laissait aller au spectacle du feu. On se laisse hypnotiser par les flammes qui dansent et il trouvait là un moment d'abandon, d'absence qui le reposait. Un des clients s'assit près de lui, dans un fauteuil, en silence. Le spectacle du feu et l'air absent de Jean ne l'invitaient pas à l'accoster, mais ce client crut reconnaître Jean. Calcul pour l'aborder ou méprise ? Il se montra enthousiaste :

– Mais nous nous connaissons ! Comment... Ah ! Où nous sommes-nous rencontrés ?

Ce client ne disait rien à Jean, mais le contact était établi. Ce client était un commercial dans « l'agro ». Il dit son nom : François Labbé. C'était un type sensiblement de l'âge de Jean. Il vivait à Quimper. Il revenait de Paris et voulait s'arrêter à Auray. Ils se présentèrent. Jean prétendit être en tractation pour une fonction élevée dans un groupe connu. Il devait être discret. Il tairait donc l'identité du groupe. Il en quittait un autre. Il avait été appelé ailleurs.

– Vous savez... dit-il, le marché des cadres « très » dirigeants est un marché fermé. Nous nous connaissons presque tous. Nous sommes dans les fichiers des grands cabinets de recrutement, des grands chasseurs de têtes. Les nôtres ont un prix.

Ils se mirent à table et conversèrent. Jean évita que l'on parla « profession ».

François Labbé était particulièrement volubile. Avait-il besoin de parler pour dissiper sa timidité. Essayait-il de dépasser quelque angoisse. Comme il revenait de Paris, il se disait impressionné par la quantité d'étrangers, et inquiet.

– Mais bientôt nous allons être des étrangers chez nous ! commença-t-il.

Il évoqua une conversation qu'il avait eu l'avant-veille au soir après dîner avec un client de son hôtel parisien, un petit hôtel charmant, « Aux trois poussins », dans le 9e, rue Clauzel. Celui-ci, un Suisse, disait-il, s'inquiétait, lui aussi, du pli que prenait la France. Il avait circulé en voiture dans bon nombre de quartiers parisiens, puis dans les transports en commun. Il n'en revenait pas. Il lui avait dit :

– À l'évidence, la France devient musulmane ! Il est vrai que le phénomène est plus général et européen.

Ce Suisse était un universitaire qui s'intéressait aux flux migratoires, aux problématiques Nord-Sud, aux problèmes d'inter-culturalité et de l'ingérence religieuse au sein des États. Il avait beaucoup voyagé. Il était attentif au développement de l'islam. « Savez-vous qu'il y a un milliard deux cent mille musulmans sur la planète ? » lui avait-il dit. Il avait des amis chercheurs, arabes. Ceux-ci, pourtant musulmans, étaient inquiets du développement galopant de leur religion dans le monde car ce développement allait de pair avec une augmentation des mouvements fondamentalistes et violents, opposés au progrès et à la l'émancipation des peuples. Et c'étaient ces mouvements qui recrutaient aujourd'hui. Ayant, bien sûr, entendu parler, d'une part, de charters de femmes africaines qui venaient en France pour accoucher de nouveaux petits Français, en raison du droit du sol, via des filières maliennes entre autres, et, d'autre part, d'une inflation des naturalisations via des mariages de complaisance, il lui avait demandé quelle pouvait être l'importance de ce phénomène. Il n'avait pas su répondre. Ayant abordé la question de l'immigration, ils raisonnèrent sur la problématique de l'intégration. Les chances d'y parvenir leur apparaissaient comme inexistantes. Un contenu ne peut intégrer un contenant que si son volume lui est inférieur. Et puis, encore faut-il vouloir s'intégrer. L'autorité nationale attendait de ces immigrants qu'ils le veuillent bien. On leur donnait le choix. Certains intellectuels se félicitaient de cet état de fait qui évitait à l'immigré de sombrer dans la confusion identitaire. L'attitude contraire, selon eux, priverait le milieu d'accueil « d'un apport à l'évolution d'une culture universaliste », alors qu'il était à même de faire évoluer la société d'accueil. Quel était le pays d'origine de nos immigrés qui accepterait que ses propres immigrés participent au fléchissement de sa culture nationale ? Voyons l'histoire française : d'abord, est-ce que les ressortissants des provinces françaises avaient eu le choix d'intégrer le modèle national ou non ? L'intégration ne s'était faite que par la contrainte, voire la force. « Et dites, est-ce que notre culture chrétienne peut se croiser avec toutes les cultures ? Non, elles ne peuvent que se heurter ! » dit François Labbé.

Pendant toute la soirée, il tournèrent autour du sujet : en rond, donc. Il se dirent que de telles conversations, on ne pouvait les tenir qu'à couvert, sauf à craindre l'opprobre et les foudres de la justice et que l'on ne disposait plus en France de sa libre expression, quand, par contre, on n'inquiétait pas les auteurs d'appels à bafouer les lois de la République, voire au meurtre. Ils parlèrent de l'accroissement de la délinquance. On revint à la première de ses causes : l'immigration incontrôlée. François Labbé observa qu'en renonçant à la gérer, la société acceptait, de fait, tous les trafics que faisaient vivre ou qui faisaient vivre ces gens.

Jean rapporta sa précédente journée : l'agression physique du fiston, l'atteinte à la tranquillité d'un grand malade. « Choc des cultures », dit Jean. « Choc des civilisations », rétorqua son interlocuteur.

Ces échanges intenses connurent des variantes et des digressions. Ils parlèrent des croisades. François Labbé parla de démocratie. Il est un moment où elle se retourne contre le progrès, disait il, « demain, qui sait, par les voies démocratiques, le bulletin de vote et le nombre, seront élus des leaders islamistes qui imposeront régressions sociales et légitimeront des atteintes à la dignité. »

Sur cette observation, un des gros titres du journal *Jeune Afrique* qu'il avait vu en kiosque, il y avait maintenant des années, vint à l'esprit de Jean. Celui-ci lui était apparu grotesque, mais ne l'avait pas laissé indifférent. Il questionnait le lecteur : « Quelle république islamique pour la France ? » Jean méditait. Il pensait aux femmes. François Labbé continua. Il enchaîna sur l'Europe et la Turquie :

– Quand je pense, dit-il, que si la Turquie entre dans l'Union, elle en sera le pays le plus peuplé. Il faudra rebaptiser l'Union européenne l'Union eurasienne ! Dire que depuis Louis XI, on sonne l'angélus sur le principe oublié qu'on le fera tant que les Turcs n'auront pas quitté Constantinople !

Il disait que, face à tout ce qui était et se préparait contre nous, il n'existait pas d'homme providentiel pour enrayer le processus, mais à la réflexion, restait-il quelque chose à sauver ?

Il ajoutait qu'il convenait non pas de parler d'immigration, mais de colonisation massive par les peuples africains, maghrébins et asiatiques, que l'islam entreprend une conquête de la France et de l'Europe, que la délinquance des jeunes et la guérilla des banlieues ne sont que le début d'une guerre civile ethnique. Enfin, il jurait qu'il retournerait volontiers en arrière, dans le passé. Lui, il croyait dans les vies antérieures. Il assurait à Jean qu'il avait la conviction de vivre des fois ce qui lui semblait être leurs réminiscences : la forte impression d'avoir vécu des choses qui n'appartenaient pas à sa vie présente, des lieux qu'il redécouvrait alors qu'il ne les avait jamais fréquentés. Et peut-être, rajouta t-il en s'esclaffant :

– J'ai dû vous rencontrer dans une vie antérieure, ceci explique que j'étais sûr de vous connaître quand je vous ai vu tout à l'heure !

Cette conversation bridait plus l'expression de Jean qu'elle ne l'ouvrait. Il n'arrivait pas à se libérer sur les sujets évoqués. Son conformisme et sa nature modératrice en étaient sans doute la cause. Mais l'angoisse que suscitait cette conversation était à son paroxysme. Il conclut :

– Nous sommes sur la tête !

Les échanges avec cet interlocuteur de passage trouvaient leur terme. Ils avaient épuisé Jean Courdavault, qui les aurait considérés, voilà encore deux ou trois mois, comme une conversation de café du commerce, une conversation de beaufs...

Enfin, avant de se quitter, François Labbé évoqua son emploi du temps du lendemain. Il déjeunerait avec son frère qui avait épousé une Alréenne. Il rappela à Jean que le pays d'Auray était la patrie de Cadoudal.

Couché, Jean ne trouvait pas le sommeil. Son compagnon de table l'avait amené sur des perspectives sombres, des évidences qui le contrariaient. Jean trouvait que l'on demandait beaucoup aux hommes. Ils bâtissent leurs rêves sur le monde idéal que leur présente leur petite enfance. On leur montre une direction. Ils investissent pour la suivre. Certains se battent pour un monde meilleur. Le décor change. Les directions prises mènent à l'impasse. Les paysages se transforment avec les saisons et les années. On les modifie. On remplace des essences d'arbres par d'autres. On démembre. On remembre. Les hommes passent, d'autres arrivent d'ailleurs. Les données changent. La géographie politique et humaine tord ses paramètres. On vit autre chose. On ne s'y retrouve pas toujours. On ne peut échanger ses rêves contre d'autres rêves. On est en panne. On « cale ». On est abandonné. On ne trouve plus de sens à sa vie. On regarde derrière. Le temps a tout rendu distant, lointain, désuet, abscons, caduc, dérisoire. On cherche sa vie. On cherche l'image enfouie du bonheur : lequel ?

Inspiré par la fin de la conversation de la veille avec François Labbé qui allait à Auray, il eut l'idée de s'y rendre. Il visiterait le manoir à son retour.

∴

Jean Courdavault visita rapidement Auray et s'égara dans la campagne, après avoir contemplé la Chartreuse. Il tomba par hasard, mais peut-on parler de hasard, au lieu-dit Toulbahadeu, au Champ des Martyrs. Il n'en connaissait pas jusqu'ici l'existence. Il descendit de voiture et marcha. Il avança vers un monument coiffé d'un toit en coupole qui paraissait être le point d'ancrage du lieu. À mi-chemin entre sa voiture et ce monument, il trébucha et fut saisi d'un malaise. Tout tourna autour de lui. Tout s'assombrit. Il voyait comme des torches tournoyer autour de lui. Il s'assit par terre. Une puanteur affreuse sans dégageait. Il dut perdre connaissance.

Chapitre XIV

QUIBERON

« Nous sommes bien deux cents. Qu'est-ce qu'ils attendent ? Ils sont bien nerveux. Il fait chaud. J'ai soif. Mathieu aurait dû filer avec les hommes de Cadoudal et se réfugier chez les Chastenet. Serons-nous graciés comme Hoche l'a promis ? » voilà ce à quoi pensait Charles-Louis de Kerven, baron de Kernevez et marquis du Plessis-Guezenno, dit le chevalier de Guez. Il était parqué avec deux cent six émigrés et chouans, et Mathieu, là, près du marais de Kerzo. Il interpella un Bleu, un de leurs gardiens. Celui-là avait une bonne tête.

– Dites, mon brave, vous qui me paraissez avoir du cœur, dites à votre commandant qu'un jeune homme qui n'a rien avoir avec cette aventure est là, parmi nous. Je le connais, il me connaît, c'est un jeune paysan qui vit sur mes terres. Il m'a reconnu lors de notre cheminement vers cet endroit et s'est trouvé captif en voulant me parler. Son nom a été porté sur les listes. De grâce, libérez-le ! Faites-le quitter cet endroit ! Il n'y a pas sa place ! Il n'est pas du nombre des prévenus. D'ailleurs, il n'a pas été jugé. Dites qu'ils le vérifient. Je l'ai déjà dit à l'un d'entre vous, qui devait rapporter le fait à votre commandant. Je lui ai donné son nom. Il doit être rayé de la liste des prisonniers et quitter les lieux.

Charles-Louis sentait que Mathieu ne voulait pas le quitter et tenta de le convaincre de partir si, comme il l'espérait, il était libéré.

Il lui tint ce propos :

– Mathieu, tu n'es pas noble. Aujourd'hui, ici plus que jamais, c'est une chance. Ils ne s'en sont pris qu'aux nobles et aux chefs des chouans. Le jour est à la pacification et à la réconciliation populaire. Comme tu vois, ils ont relâché les milliers de paysans qui étaient avec nous à Carnac. Il n'y a pas de raison qu'ils t'inquiètent. Tu n'aurais pas dû me rejoindre alors que tu leur avait échappé. Si cela termine mal pour moi, je compte sur toi pour me rendre les derniers devoirs. Je n'ai pas d'héritier, tout au moins d'héritier direct. Je n'ai qu'un cousin qui est resté vivre aux Amériques après la guerre d'Indépendance. Aussi, je te confie le trésor du Plessis-Guezenno. Il n'est pas très conséquent. Il comprend deux parts, l'une est matérielle, l'autre, sentimentale et historique. Pour la première part, attends que les temps se calment et vends ses beaux objets intelligemment, cela te permettra de t'établir et de devenir quelqu'un. Pour la seconde, je te demande de ne pas t'en séparer, sinon de les transmettre à ta descendance. C'est la part sacrée de mon trésor. Ce sont les traces écrites de notre famille, nos preuves de noblesse et nos droits. Ne te sépare pas non plus des portraits en médaillon d'Henri et de Madame la marquise. Le tout est dans une mallette métallique. Elle est enterrée juste au centre du petit bosquet de buis qui se trouve accolé à la tour est, où se trouve du gravier blanc, à environ deux pieds de profondeur. Maintenant, ne nous disons plus rien. Nous sommes observés. Va, sois béni.

Charles-Louis avait échoué là avec une partie de ses compagnons de route, puis d'infortune. Les autres avaient été dirigés sur Vannes comme Charles de Kervasdoué, qui avait été lieutenant aux chasseurs à cheval de la Bretagne et Edme Xavier de la Chapelle de Béarnés, dit Berney, officier originaire de Bergerac. Il connut le premier, qui avait ses terres sur la paroisse de Minihy du Léon, chez les Chastenet, et le second à Jersey. Ce dernier s'était pris d'amitié pour lui, tout comme un autre Kervasdoué, bien jeune celui-là et pourtant ancien garde marine. Berney était le plus touchant de ces compagnons du moment. Il parlait de son Périgord et de sa femme. Son pays était le parfait eden et le centre du monde. Sa chère épouse, à laquelle il écrivait scrupuleusement toutes les semaines depuis son exil, était la plus belle femme que la nature ait pu faire. D'autres prisonniers avaient été internés à Brech ou sur la presqu'île de

Quiberon. Ils avaient été entassés, tous, dans des chapelles, églises et autres édifices religieux, dans des conditions inhumaines, d'hygiène impossible. La reddition des royalistes au Port-Neuf en Quiberon datait du 21 juillet 1795. Les prisonniers, nobles et chouans manifestes, furent jugés quelque huit jours après, et condamnés à mort. Hoche avait promis, certains dire qu'il l'avait juré, la grâce de la République magnanime ou miséricordieuse. On l'attendait.

Cela faisait à peine plus d'un mois, ils avaient quitté la côte anglaise pour Jersey et Guernesey, afin de renforcer leur nombre et leurs chances, et se rendre ensuite sur la côte nord de la Bretagne. Beaucoup étaient alors confiants et enthousiastes. Le chevalier de Guez était plutôt sceptique et inquiet pour l'expédition. Rien n'était clair dans les plans et prévisions. Il ne croyait pas au solide encadrement des troupes. Et puis arriva ce qui devait arriver.

Les Anglais disposaient du jeu mais n'en étaient pas maîtres. Ils se méfiaient des intentions cachées du commandement français. De son côté, le commandement français n'était pas au fait de la stratégie occulte des Anglais. Les deux alliés se sentaient respectivement espionnés, infiltrés.

Certains, comme Charles-Louis, auraient plutôt misé sur le temps et la recherche d'une paix civile que sur l'épreuve de force. Depuis la fin novembre 1794, le Comité de législation arrêtait régulièrement des listes de radiation. En fait, ils publiaient les noms qui avaient été radiés de la liste des prévenus d 'émigration, en conformité des dispositions de la loi du 25 brumaire, an troisième (15 novembre 1794). C'était un gage de bonne volonté républicaine visant, sinon la réconciliation, du moins une paix intérieure profitable à la nation, mais cela représentait une menace pour les chefs royalistes qui pouvaient craindre l'abandon de poste des émigrés portés sur ces listes de radiation, fatigués par ces années d'exil et d'atermoiement, trouvant par cette forme d'amnistie le moyen de revenir chez eux sans faire usage de leurs armes. Cette recherche de paix civile parut s'exprimer des deux côtés, républicain et royaliste non émigré, en avril, par les signatures du traité de la Mabilais. Toutefois, si ce traité avait été conjointement négocié par des représentants de la République dans le cadre de la politique d'apaisement voulue par la Convention thermidorienne et par le petit baron de Cormatin, celui-ci, vaniteux et grossièrement manipulateur, s'était en fait joué de ses partenaires, et cela se sut rapidement.

Avant de partir en Angleterre, le comte de Puisaye, qui s'était fait reconnaître par la manigance comme le représentant des princes exilés et le chef de l'armée catholique et royale, avait choisi le baron de Cormatin pour être le major général de cette armée.

Dès la signature du traité (un 1er avril), beaucoup doutèrent de la pertinence d'une telle entreprise, tant du côté royaliste que républicain. Des royalistes y voyaient une inacceptable compromission et Hoche suspectait Comartin, qui s'était autoproclamé général des chouans, de tendre une main pendant qu'il armait l'autre. Celui-ci, en effet, avec les huit mille livres en or que lui avait fait remettre Puisaye, faisait confectionner des uniformes et s'achetait des chevaux et quelques consciences républicaines. Hoche apprit d'ailleurs, sans attendre, par un agent royaliste retourné, un nommé Briand, que les chouans n'avaient signé la paix que pour faciliter la descente des émigrés, en éloignant les troupes républicaines et en leur offrant l'illusion de la sécurité. Les républicains considéraient ce traité comme un acte de faiblesse et en appelèrent au Comité de salut public pour qu'il leur donnât les moyens d'en finir. Il est vrai que nombreuses étaient les opérations de déstabilisation organisées d'Angleterre, qui furent découvertes dans un temps très court, ce qui faisait enrager les patriotes. Au nombre de celles-ci, il y eu la diffusion en Bretagne de faux assignats, à l'initiative de Puisaye, d'ailleurs fortement contestée par l'évêque du Léon, qui mandata de Londres ses prêtres demeurés sur le continent pour empêcher cette manœuvre. Ceci illustrait bien l'affrontement des vues sur les méthodes employées. La dernière fut le débarquement du 11 avril : dix-neuf navires anglais jetèrent l'ancre devant Plouha. Ceux-ci transportèrent, outre de nombreux émigrés pour l'appui aux chouans, cent barils de poudre, trois cent quatre-vingts fusils...

Le comte de Puisaye avait assuré aux Anglais que l'on pouvait compter sur l'appui à terre de quelque cent mille hommes, qu'il était à même de lever au nord de la Loire. Il les avait quelque peu abusés en prétendant qu'il avait regroupé et fédéré toutes les bandes d'insurgés. Des informateurs à la solde des Anglais les avait mis en garde sur ce point. Ceux-ci décidèrent néanmoins d'opter pour la carte de Puisaye. Déjà, lors du rapprochement annoncé entre les royalistes et les républicains, le ministère anglais, qui voyait d'un mauvais œil cette perspective, avait promptement offert aux royalistes des moyens importants en argent, armes et munitions. Des opérations furent menées pour les livrer, sur la côte nord, entre autres, et par deux fois près de Saint-Brieuc, sans parvenir à débarquer, sauf le 11 avril, mais en causant des pertes importantes chez les chouans en manœuvre pour soutenir ce débarquement en provenance de Jersey. Le chevalier de Tinténiac, ami de Charles-Louis, qui avait préparé ces actions et qui avait réussi avec quelques émigrés comme Louis de Frotté, de Saint-Gilles, d'Urville ou encore le marquis de Bellefonds, grâce à la complicité des douanes, à gagner Saint-Quay le 1er mars, était attaché au soutien du baron de Cormatin. Mais il dut mettre un terme à son action, définitivement compromise par l'insolubilité du contentieux entre Cormatin et Puisaye et leurs partisans respectifs, conflit de vues relatif au traité et à ses négociations parallèles, jugées inadmissibles par celui qui désormais tenait les cartes maîtresses du jeu : Puisaye. Cadoudal, qui réunissait dix mille volontaires dans le Morbihan, avait d'ailleurs, au nom de Puisaye, sommé Cormatin de cesser de parlementer avec les Bleus.

Charles-Louis avait été tour à tour correspondant des deux complices devenus adversaires dans leurs options, Puisaye et Cormatin. Le premier était remarquable en ceci que l'on ne pouvait concevoir plus intrigant, plus présomptueux, plus effronté et plus pernicieux que lui. Quant au second, son aplomb lui tenait lieu de méthode. Le chevalier de Guez n'aimait ni l'un, ni l'autre, et le leur avait montré, n'ayant jamais perdu sa liberté de dire et de faire. Les deux adversaires avaient de commun le menton dédaigneux et leurs courtes vues. Sous leur morgue, le marquis les voyait comme de petits messieurs. Ils n'étaient malheureusement pas les seuls à compromettre les chances de succès de l'entreprise que l'on préparait. Les émigrés de Jersey étaient presque tous opposés aux projets de Puisaye et travaillaient contre. Comme Charles-Louis qui lui en faisait remontrance, les Bretons lui reprochaient d'avoir détourné l'objet de l'action de la Rouërie dont celui-ci se réclamait au départ, et qui visait surtout les intérêts de la Bretagne, exclusivement au profit de la restauration des Bourbons. De plus, il leur apparaissait comme le jouet des Anglais.

Le ministre anglais Pitt, William Pitt, qui avait d'abord adopté une attitude de bienveillante neutralité face à la Révolution française, en changea et opta pour une franche hostilité quand la France, en s'emparant d'Anvers et de l'embouchure de l'Escaut, devint un péril économique. Aussi ne voulut-il plus retarder un coup qu'il voulait décisif. En effet, trois années s'étaient écoulées depuis la dispersion de l'armée des princes. L'option royaliste perdait chaque jour de son crédit dans les cabinets diplomatiques et les ambassades d'Europe. Le temps donnait l'avantage à l'option républicaine. De fait, la République semblait reconnue par ses ennemis, tant à l'intérieur qu'à l'extérieur. Par ailleurs, le jeu de Londres n'était pas celui de ses alliés continentaux. Depuis le commencement des hostilités, ses exportations s'étaient accrues, sa situation économique était florissante, malgré les obstacles que lui dressait la France républicaine. Par contre, l'exemple républicain lui apparaissait une menace tant pour elle que pour le reste de l'Europe. Elle avait à sa disposition des régiments français dont beaucoup d'officiers. Il fut décidé de débarquer sur les côtes morbihannaises, et ce fut la baie de Quiberon préconisée par le comte de Puisaye, et non pas la Vendée comme le voulait Charrette, qui fut choisie pour jeter l'ancre de la flotte.

Monseigneur de la Marche avait fait part à Charles-Louis lors de leur dernière entrevue de son inquiétude quant aux résultats d'une pareille expédition. Il s'était ému de cette initiative par courrier au comte de Provence. « M. de Puisaye est dans les eaux de Mr Pitt et je redoute qu'il n'y ait dans toutes ces manœuvres comme une perfidie », écrivit-il.

∴

Le 17 juin 1795, on embarqua. On quitta Portsmouth ou la baie de Spithead. Cinquante bâtiments de transport placés sous la protection de l'escadre de sir John Borlase Warren mirent à la voile. On y comptait l'Anson, l'Artois, l'Aréthuse, la Concorde, l'Étendard, la Galatée, le Robuste et le Tonnant. On embarqua les régiments basés à Southampton et à Romsey, que commandaient respectivement d'Hervilly, du Dresnay, d'Hector. S'y ajoutaient le Royal Emigrant et un corps d'artillerie sous les ordres de Rotalier. Monseigneur de Hercé, évêque de Dol, s'était adjoint à la troupe avec cinquante prêtres. Les troupes n'avaient pas connaissance de leur destination, ou plutôt on s'était arrangés pour leur faire croire qu'ils se rendaient à Jersey et Guernesey où les cadres étaient déjà rassemblés, et qu'ensuite, ils descendraient tous sur les côtes nord de la Bretagne. Afin de limiter les indiscrétions et mystifier les informateurs des comités de la Convention, les Anglais et le comte de Puisaye s'étaient entendus pour cacher le cap fixé sur Quiberon. Seuls John Warren, Tinténiac et deux autres gentilshommes étaient dans le secret, secret si bien gardé que la plupart des officiers et l'évêque de Dol avaient envoyé une partie de leur équipage à Jersey et Guernesey ! À peine partis, la discorde entre les chefs s'installa pour ne cesser de croître. Puisaye avait abusé d'Hervilly, son second, a priori choisi par le cabinet britannique pour conduire les opérations. Celui-ci s'était vu attribuer le commandement des opérations sauf s'ils devaient changer de cap, dans ce cas, il était prévu qu'il revienne au comte de Puisaye. Il comprit vite avoir été leurré. Il manifesta son aigreur tout au long des opérations.

Le 25 juin, l'escadre anglaise avait jeté l'ancre dans la baie de Quiberon. On attendit les renforts de Jersey et de Guernesey. Ceux-ci, au contact des troupes de Hoche qui avaient monté une offensive contre eux, ne vinrent pas. On perdit du temps. Celui-ci fut mis à profit par le général républicain qui put réunir treize mille hommes. Certes, des milliers de paysans, venus soutenir le débarquement, plus quelques milliers de nobles exilés et de prisonniers républicains enrôlés dans les corps anglais, foulèrent la plage de Carnac. Monseigneur de Hercé, prêtres et bannières les y accompagnaient en chantant des cantiques pour amener les hommes à se dépasser, mais les mille cinq cents prisonniers républicains enrôlés n'y furent guère sensibles et comme le pensait Charles-Louis et d'autres, dès que l'occasion survint, ils passèrent rejoindre les leurs, ce qui pouvait être prévisible. Ils se retournèrent alors contre leurs compagnons de route. Les Anglais étaient partis pour la victoire. Ils avaient apporté, dit-on, sept mille sept cents soldats avec fusils, pièces de canon, munitions et vivres pour trois mois. Avec les troupes de Cadoudal, dix mille hommes environ, qui les attendaient, et les jonctions de l'armée vendéenne de Charrette, cette victoire n'apparaissait pas irréaliste. Mais les Vendéens les attendaient en Vendée et il fallait du temps pour rejoindre Quiberon. Ce temps fut le premier moyen des Bleus. Les sorties tardèrent et quand elles eurent lieu, les troupes débarquées se trouvèrent entre deux feux : celui des Anglais qui bombardaient les Bleus et celui des Bleus qui mitraillaient les royalistes et canonnaient les navires. L'expédition aboutit au chaos, au massacre de ses premières lignes, puis des autres. Les grèves étaient jonchées de cadavres éclatés et la mer roulait des flots de sang. D'Hervilly s'était fait tuer. On rapportait que le chevalier de Tinténiac aurait lui aussi perdu la vie dans une échauffourée, plus haut, dans les terres. Mésententes entre les chefs, suspicions, rancœurs, considérations puériles, défiances, improvisation, anarchie donc, eurent raison de l'expédition.

Lors de leurs contacts préalables, chouans et émigrés mesurèrent leurs écarts de vues, voire leurs désaccords fondamentaux, tant sur l'action politique que sur les facteurs de réussite militaire de l'opération. Et Charles-Louis fut convaincu, comme d'autres ensuite, que l'absence d'un prince de sang à la tête des troupes de débarquement entachait sa légitimité tant aux yeux des chouans que des royalistes demeurés sur le continent, qui vivaient une toute autre réalité que les émigrés. Il fut certain, après l'échec, que cette absence y avait largement contribué et il céda à l'amertume, déplorant le manque de courage des princes. Lui et bien d'autres reprochaient aux princes qu'en résidant, après Coblence, loin l'un de l'autre, Monsieur, devenu Louis XVIII à la mort de son petit-neveu, étant à Vérone quand monsieur le comte d'Artois était à Arnheim, ils rendaient leur concertation impossible, comme si cela était leur intention. Ceux-ci d'ailleurs croyaient-ils en leur avenir ? Rien n'est moins certain quand on voyait leur faibles dispositions à se battre. Leur quête du soutien des ambassades étrangères apparaissait factice, tant ils leur adressaient en leur nom des agents sans crédit et sans titre officiel, et qui de fait, n'étaient jamais consultés. Parmi les rumeurs qui couraient, on disait que Louis XVIII, comte de Provence, était contre cette expédition.

« C'est bien là le fait des princes. Il leur apparaît naturel que l'on épouse leur cause et qu'on la défende, quand eux s'en désintéressent », conclut Charles-Louis en lui-même.

Charles-Louis avait embarqué dans le bâtiment du marquis du Dresnay, par amitié pour lui. Il n'avait, toutefois, pas voulu porter l'uniforme anglais. Les Bretons s'étaient longuement congratulés avant leur départ. Ils pensaient le faire encore à Jersey avec ceux qui devaient les attendre. Ces années avaient eu leur lot de querelles, mais avaient aussi créé de solides amitiés. Ainsi, Charles-Louis, par son charisme et sa droiture, s'était attaché Francheville qui avait son âge, Langles, de Rennes, les frères de Cintré, Beschard du pays d'Auray, Keriaval, ancien lieutenant des dragons qu'il voyait à Londres, chez lui, au n° 2 de Northumberland Court, par deux fois en compagnie de Rose-Mary, Gourville, capitaine de canonniers garde-côte, résident à Piccadily, la Roche Saint-André qui était à Soho, le jeune Armand de Botherel et encore quelques autres.

Par contre, il s'était défié de certains aventuriers comme le jeune Boudin de Tromelin, de Plougasnou dans le pays de Morlaix, porté volontaire pour le débarquement et dans la liste des deux cent quarante gentilshommes que le prince de Léon arrêta début avril à Jersey. Ce garçon avait vingt-cinq ans mais ne doutait de rien. Il fut de ceux qui se replièrent et se sauvèrent avec l'équipe de Puisaye et les débris humains des gentilshommes débarqués que l'on avait pu ramasser. Il savait sentir le vent. On le vérifiera plus tard, car il fit une exceptionnelle carrière, quand, major des troupes turques à Saint-Jean d'Acre aux côtés de Sydney Smith, il mit en échec Bonaparte, puis lutta contre lui en Syrie et en Égypte, pour passer ensuite à l'Empereur et devenir baron de l'Empire. Il avait fait de la trahison son ressort. Il était déjà officier à quatorze ans. Il s'était moqué de Mathieu, toujours sur les talons de Charles-Louis. Il l'avait affublé du sobriquet de « chien-chien » ou de « Ki-Ki » pour appuyer davantage le ridicule, qui veut aussi dire « chien-chien » en breton, et bon nombre de crétins ne l'appelaient plus qu'ainsi, à Jersey. Un jour, Charles-Louis avait failli le fesser comme il avait un jour fessé Gros Georges. C'est ce qui l'avait décidé de ne pas laisser Mathieu seul à Jersey, au moment pour lui de rejoindre du Dresnay à Rosmey. Aussi, le recommanda-t-il à Cadoudal qui le prit près de lui, les premiers jours de juin, quand il vint pour une dernière mission en Bretagne. Il avait fait ce choix, mais il craignait pour la vie de Mathieu, qu'il s'exposa trop alors qu'il n'avait jamais été soumis à l'épreuve du feu, que Cadoudal, dans sa rage d'avoir vu la révolution confisquée par les bourgeois, ce qui l'avait amené à la contre-révolution, commette des erreurs d'appréciation de la situation qu'engendre la passion et a fortiori, le fanatisme. Dans la confusion de Quiberon, Charles-Louis aurait pu rester à bord ou se replier, mais de savoir Mathieu en face sur la côte l'en empêchait. Et c'est ainsi, en passant le détail, qu'ils se trouvèrent l'un et l'autre prisonniers, toutefois à des titres différents.

Hoche décida, toujours dans le cadre de sa politique dite de pacification, de libérer les paysans. Ne furent consignés que les émigrés nobles et associés. Le premier tri s'était fait au regard de l'uniforme porté. Ceux qui étaient avec Charles-Louis portaient l'uniforme anglais, à l'exception de quelques-uns.

Nous étions le 5 août 1795. On avait beaucoup marché pour arriver là. Mathieu avait cherché désespérément le marquis que des partisans de Cadoudal avaient vu se faire encercler, puis attraper par les Bleus, quand celui-ci errait à découvert, à la recherche hypothétique de Mathieu, courant de corps en corps étendus, craignant qu'il ne fut mort avec des hommes de Cadoudal. Mathieu l'avait retrouvé avec le concours de la divine providence, lors du déplacement des prisonniers. Il avait percé et intégré leur cortège à la suite de Charles-Louis qui tenta de l'en empêcher, mesurant l'absurdité et l'immense risque d'une telle attitude. C'est ainsi qu'il fut porté sur la liste des captifs lors de l'étape qui suivit.

Manifestement, la brigade qui gardait les prisonniers était nerveuse. Ses hommes attendaient quelque chose, un ordre sans doute. Le matin, la rumeur courait que le général Hoche s'était engagé auprès d'émissaires de la cause royaliste et que les captifs seraient graciés. Des prisonniers disaient que ce jeune homme avait du cœur et qu'il fallait espérer. Charles-Louis ne sentait pas les choses ainsi. Il en remettait par avance son âme à Dieu. Il était las et désabusé.

On sentit un frémissement dans l'assemblée des gardes. On faisait circuler la gnole. Un soldat vint dans le quartier de Charles-Louis, un papier en main. Il cria :

– Qui est ici le sieur Courdavault ?

Mathieu hésita à avancer vers lui, mais l'injonction exprimée par le regard de Charles-Louis le décida.

Le garde reprit :

– C'est toi, Mathieu Courdavault, citoyen ?

Mathieu, après un moment d'hésitation :

– Oui, citoyen, c'est moi...

– Eh bien, toi, tu es libéré, tu as de la chance, parce que... Enfin, c'est sur ordre du comité, va...

Mathieu s'arrangea pour repasser près du marquis. Quand il arriva à sa hauteur, celui-ci lui dit doucement :

– Souviens-toi de ce que je t'ai demandé. Va mon grand, va mon fils.

La nuit tombait, il était tard. Il était muet, tout comme l'était devenu aussi François du Perenno de Penvern, de la paroisse de Persquen, dans l'évêché de Vannes, qui s'était trouvé près de lui dans la colonne que formaient les prisonniers en route pour cet endroit et qui, comme Charles-Louis, avait pour toute angoisse d'être le dernier représentant de sa race, le dernier porteur du nom, des armes et des titres. François du Perenno tenait d'ailleurs en main le cachet-pendeloque aux armes de son antique famille et sa chaînette comme s'il égrainait un chapelet. Ils pensaient l'un et l'autre à cette aventure dramatiquement cocace et à cet enfer qu'ils venaient de vivre. Ils ressentaient l'inquiétude ou la crainte de leurs compagnons qui avaient une famille et qui se préoccupaient d'elle. Certains griffonnaient quelques mots à leur adresse au cas où... D'autres s'en remettaient tout haut à la miséricorde de Dieu. Charles-Louis s'interrogeait sur tout. Tout était clair au début. Et puis vint ce fatras. On ne pouvait dire qui était qui et où on allait. On était tirés par les uns, poussés par les autres, ballottés par l'ensemble. On se sentait trompés, trahis. Quel sens donner à sa vie, quand on n'en est pas maître ? On veut tendre à l'universel, l'absolu, on veut s'élever, se dépasser, rejoindre les grandes causes et en fait, au bout de tout cela, on a du mal à dépasser sa propre et modeste histoire. Il pensait à ces dernières années. Il avait perdu le goût de vivre et beaucoup de certitudes : l'âge, le malheur, bien sûr. Mais, il se sentait aussi attiré ailleurs. Il avait, depuis près d'un an, de fortes migraines et quand elles venaient, il s'opérait une curieuse alchimie. Il entendait des voix. Le sommeil que les migraines lui permettaient, était troublé de visions d'un autre pays, d'une autre guerre, de cris d'effroi ou de joie. Dans ces rêves ou ces cauchemars, il était à cheval. Il faisait chaud. Il avait soif. Il était en blanc. Son étendard portait une croix. Il voyait Jérusalem. Il semblait que ce fut ce lieu. On s'était battus. Il y avait du sang. Son cheval foulait le sol jonché de Sarrasins occis. Il criait « Dieu le veut », et les clameurs, au loin, lui répondaient. On chantait ce beau cantique : le *Salve Regina*.

Tout à coup, les gardiens firent lever tout le monde et des coups de feu furent tirés derrière. Charles-Louis crut voir sortir du tableau du Plessis-Guezenno, qu'il voyait en pensée, Charlaine qui se penchait sur lui, et Henri l'attraper par l'habit et lui dire :

– En tout cas, Monsieur mon papa, si j'aura dû choisir entre la terre et le ciel, j'aura pas choisi la terre : il s'y fait de trop vilaines choses. J'aura choisi le ciel, mais seulement avec maman et avec vous, mon bon papa !

Un Bleu :

« Tiens, celui-là a une fort belle bague ! Là où il est, il en aura plus besoin. Personne ne m'a vu. Ils me feraient des ennuis. Lourde comme elle est, j'en tirerais bien le prix d'une vache... »

Chapitre XV

L'ARBRE, SAINT-PHILIPPE DU ROULE : ÉPILOGUE

– Commandant, le choc a été rude. Comment a-t-il fait pour se foutre là. Se planter contre le seul arbre qui borde la route ? Tiens, mais c'est la Mercedes de l'autre jour. S'il était dans l'état que ? Peut-être, pas étonnant !

Quelques minutes plus tard :

– Les secours n'arrivent pas. Il respire. Il tremble... Vous m'entendez ? Il fait signe que oui. Vous vous rappelez, nous nous sommes vus l'autre jour, avez-vous un numéro de téléphone à nous donner pour joindre vos proches ? Rassurez-vous, les secours arrivent. Ne cherchez pas à bouger. Votre nom, déjà, c'est...

Le blessé, d'une voix curieusement forte et caverneuse :

– Je suis Charles-Louis, chevalier seigneur de Kerven, baron de Kernevez, marquis du Plessis-Guezenno, mon nom de guerre est le chevalier de Guez, prévenez-les que j'arrive...

Le commandant de gendarmerie à Marc, son coéquipier :

– Il délire ! Ça y est, je me souviens, il s'appelle quelque chose comme Courdageau, non Courdavault. Tiens, j'ai son portefeuille ! Oui, Jean Courdavault. Aïe ! Sa tête a fléchi. Je crois que c'est fini...

∴

Sur ordre du Comité de salut public, neuf cent cinquante-trois royalistes impliqués dans l'affaire de Quiberon, dont plus de sept cents immigrés, furent fusillés en différents lieux dont Vannes. Leurs biens furent confisqués, conformément à la loi du 25 brumaire, art 4. Condamnés à mort le 16 thermidor, an III (3 août 1795), deux cent sept d'entre eux, émigrés et chouans, furent exécutés le 5 août, à la nuit, laissés à terre et couverts de terre au lieu-dit Toulabahadeu, rebaptisé depuis le Champ des Martyrs. Ils y restèrent et y pourrirent, offrant un triste festin aux chiens errants, qui n'avaient aucun mal à les déterrer. Plus tard, leurs ossements furent recueillis par des religieuses. Les restes de ces martyrs trouvèrent asile dans la chapelle de la Chartreuse en 1814, où ils demeurent encore aujourd'hui.

En cette nuit de massacre, bon nombre d'antiques familles bretonnes furent à jamais éteintes.

∴

Maud, soutenue par Danzac et Ménétier, reçut les condoléances au fond de l'église de Saint-Philippe du Roule. Elle remercia longuement et chaleureusement les membres du *staff* de DVC qui s'étaient déplacés pour les obsèques de Jean Eudes Courdavault. Xavier Duplessis suivit le cercueil jusqu'au fourgon et quand celui-ci démarra, il fit un large signe d'adieu de la main en murmurant :

« Jean, adieu ! À dans une autre vie ! »

Dans ces moments de douleur, de déchirement, de séparation définitive, nous nous abandonnons et nous viennent des gestes qui n'ont de sens que pour nous-mêmes.

Achevé d'imprimer par Corlet Numérique - 14110 Condé-sur-Noireau
N° d'Imprimeur : 16356 - Dépôt légal : mars 2004 - *Imprimé en France*